真夜中のペンギン・バー

横田アサヒ

富士見L文庫

penguin bar
contents

5 プロローグ

9 一杯目
アプリコットフィズと弾ける恋

69 二杯目
ブラッディメアリーで掴む勝利

131 三杯目
ラモスジンフィズに宿る友情

189 四杯目
親心と兄心とモスコミュール

252 五杯目
希望のダイキリ

268 エピローグ
BAR　PENGUIN

プロローグ

ここは、とある場所にある、とあるバー『PENGUIN《ペンギン》』。

悩めるものが行きつく、不思議なバーだ。

木製の、深みのある焦げ茶色の扉は、どこか温かさと懐かしさを誘う。

重い扉を押して薄暗い店内へ足を踏み入れると、扉と同じような木製のカウンターが目に入る。

そのカウンターの内側に置かれた台に向かって、ピョンッとペンギンが飛び上がった。

まるで海から飛び出したかのように、体を弧のように丸め、両羽を後ろに伸ばし、足は前に突き出している。

そして、見事に着地……と思いきや、勢い余って前に転んだ。

白いお腹がぽよんっと台についたが、すぐに立ち上がる。

曲がってしまった黒い蝶《ちょう》ネクタイをサッと直し、ペンギンはさも何もなかったかのように周囲を見回した。

このペンギンこそが、このバーのマスターだ。ヒゲペンギンと呼ばれる種で、白黒の体には、顎《あご》に一本の黒い線が入っている。

「さて、掃除の仕上げと参りましょうか」

まるで舞台俳優か何かかと思うほどよく通る声は、低く渋い。聞いている人の脳を揺さぶりそうなほどの存在感だ。

「仕上げですか？　もう十分にきれいになっているかと思うのですが」

見習いバーテンダーが驚いたような声をあげた。

しっかり水拭《みずぶ》きがされたカウンターは、ペンダントライトの光を反射するほどきれいになっている。

「いいえ。まだ不十分です」

ヒゲペンギンがそれまで首元につけていた蝶ネクタイをそっと外す。

そして軽快に、カウンター内にある台からジャンプした。

両羽だけでなく両足まで後ろに伸ばし、お腹を張るようにしてペンギンの体が宙を舞う。

着地した先は、カウンターだ。

ただし、足はつけていない。

ついているのは、真っ白で丸みを帯びたお腹だけだ。

「え？　マ、マスター？　もしかして……」

なんとなく想像のついた見習いが尋ねると、マスターはしたり顔で頷《うなず》いた。

「ええ、お察しの通りです」

言ってから、マスターはその短い足でカウンターの端を蹴《け》った。

キュルンッ。

そんな音を立てて、ペンギンの体がカウンター上を勢いよく滑り出す。そのままカウンターの端、壁の前まで突き進んでいった。

「マ、マスター！　そのままじゃぶつか……っ」

見習いが声をかけたその時だった。

重心をずらしつつ左足でブレーキをかけ、滑りながらもクルッと体の向きを変える。

後ろ向きのまま滑り、直撃する寸前に壁を蹴った。

一瞬マスターの体が縮んだように見えたが、今度は反対側に向かって勢いよく滑り出している。

そのままの勢いでカウンターの端から飛び出し、見事に床へと着地した。

一仕事終えたとばかりに、マスターは全身を震わせる。

頭からお腹、足元と続いて、最後に長めの尻尾《しっぽ》がブルブルッと細かく震えた。

「さあ、これで完璧《かんぺき》に整いましたね」

唖然《あぜん》とする見習いの足元で、マスターは満足そうにクイッとクチバシを上へ向ける。そして、これからお客を迎えるため、蝶ネクタイを整えたのだった。

一杯目　アプリコットフィズと弾ける恋

「ねえ、佐和《さわ》は誰かいい人いないの？」

「え？」

女子会の席で突然話を振られて、風間《かざま》佐和は手にしていたグラスを落としそうになった。

「あたしも気になってたあ！」

「私たちの話聞いてばっかでさあ、話してくれないじゃん」

「けど、佐和だったら『結婚、決まったよ』とか突然報告してきそう」

「ああ、ありそお！」

「しかも、年下の男の子とかね」

三人の友人たちは、大学からの付き合いだ。

それぞれ別の分野の職に就いたが、こうして数ヶ月に一回の割合で女子会を開く。話題といえば仕事の愚痴と、恋愛話が多かった。

別に佐和はそれが嫌だと思ったことはない。聡《さと》い友人たちなので愚痴と言ってもただ「ムカつく」なんて話ではなく、具体的な理由がある。

それに、誰かの恋愛話は結構好きだ。恋愛話をする彼女たちは、キラキラ輝いていてかわいい。自分にはほぼ経験がないのもあって、まるで恋愛漫画や恋愛小説を読むように楽しめる。

そう、佐和には恋愛経験がほとんどない。

大学に入ってから、告白してきた相手となんとなく付き合ったこともあったが、長続きはしなかった。

相手のことを好きになれなかったのだから、当たり前だ。

「ああ……結婚したいわあ。もう、早く退職したいよお」

一人の友人の愚痴が始まった。彼女のスイッチが入ってしまった以上、これから長い夜になるだろう。

他の二人は「始まった……」と苦笑したが、上手《うま》いこと話が流れてくれて佐和は内心ホッとした。

気になる人、いるよ。

ずっとずっと前から、たったひとりだけ。

だけどそれを口にしてしまったら、根掘り葉掘り聞かれてしまう。

佐和にとって、これは軽く話せるようなものではないのだ。

ずっと、心で大事にしている気持ち。

誰にも言えない気持ち。

だから当然、本人にも言えていない。


昔から、佐和の性格はあまり変わっていない。

活発で明るく、人間関係ではどこでも割とうまくやっていける方だと思われている。

だけど、恋愛は苦手だった。

中学の頃はご多分に漏れず、部活の先輩に憧《あこが》れを抱いた。ただ、そういうのを前面に出さなかったのもあって、先輩からは話しやすい後輩だと思われたようだ。廊下で呼び止められたり、たまたま遭遇すれば一緒に登下校したりしていた。

けど、それなりに人気のある先輩であれば、当たり前のようにまわりの顰蹙《ひんしゅく》を買う。

誰とでもそつなく話すことは、言い換えれば八方美人で、もっと悪く言えば男に媚《こ》びている、になる。

気がつけば、佐和には根も葉もない噂が流れていた。

佐和が男子相手に距離を取るようになったのは、それからだ。とはいえ、あからさまに避けては角が立つ。

だから、どちらかというと男っぽく振る舞い、男女どちらにもさっぱりと接するよう心掛けた。全員にそうすれば、男子と話していても「男子の方が相手にしないだろう」と勝手に思ってくれるのだ。身長も高めで、大抵の男子と並んでも遜色《そんしょく》なかったせいで、余計にそれがしっくりきた。

しかしこれもこれで、平穏とは言い難かった。

女子からも男子からも頼られる姐御《あねご》キャラが定着してしまったようで、頼られるを通り越して、押しつけられることもしばしばだった。

普段なら問題なくても、イベントごとになるととても厄介だ。

実行委員などを押しつけられるだけならまだしも、ありとあらゆる仕事が佐和のもとにやってくる。

パンクしそうになるのに、誰も気づいてはくれなかった。なら自分から言い出せばいいのだろうが、弱音を吐いたことがなかったせいで、誰に何を言えばいいのかわからなかった。

「風間、まだ残ってたんだ」

高校二年生の秋。

泣きそうになりながら作業している佐和に、そんな声が降ってきた。

外はもう薄暗くなり、次第に校舎内の人の気配もなくなり始めていた。だけど他の教室からは笑い声が響いてきて、ひとりぼっちで作業している佐和は余計にみじめな気持ちになっていたのだ。

「あ、うん」

顔を上げた先にいたのは、クラスメイトの男子だ。

どちらかと言えば目立たない部類に入る彼を、正直佐和は少し苦手としていた。

大人しいはずなのだが、クラスで何かを決めなくてはいけない時、いつも意見を出してくる男子だ。助かることも、もちろん多い。けれど融通の利かないところがあり、ホームルームが終わったあとなどに、佐和に正論をぶつけてくるのだ。もう、クラスの意見はまとまったというのに。

佐和と彼だけでは変更ができないと言えば、一応納得してくれることもある。反面、納得してくれない時はもう一度クラス全体にその議題を蒸し返そうとするのだから、困る。

「他の人たちは？」

「帰ったよ。みんな、用事があるとかで」

「ふうん」

訊《き》いてきたくせに、興味ないとばかりの返事だ。

机から荷物を取り出していたので、そのまま帰るのかなと思った。むしろそうしてくれた方がいい。今、彼の正論を聞かされたら、耐えられなくなりそうだ。

下を向いて、佐和は作業を続けた。

窓から吊《つ》るす垂れ幕は、シンプルな図柄といっても独りで塗るには大き過ぎる。塗っても塗っても、終わる気配が見えなかった。

それでも塗らなくては間に合わない。

キュッと唇を結んで筆を動かす佐和の前で、コトリ、と音がした。

思わず顔を上げると、目の前にペットボトルが置かれている。

「あげる。まだ開けてないから、安心して」

「え、いいよ」

突然のことに反射的に断るが、彼は気にした様子なく何かを差し出すように手を伸ばしてきた。

「な、なに……」

咄嗟《とっさ》に手を出してしまったのを後悔する佐和の手の平に、個包装のチョコレートがいくつかのった。

「これも食べなよ。その間、俺が進めとくから」

「そ、そんな。悪いよ」

だって彼は委員でも何でもない。

それに、彼は一度だって佐和に仕事を押しつけてきたことがなかった。自分の役割はきっちりとこなしてくれているのだ。小言は口にするけど。

「いいから、食べて」

有無を言わさぬ雰囲気に、佐和は手の平にのったチョコレートへ視線を落とした。

「恐竜、チョコ……」

小さな個包装のチョコレートには、デフォルメされた恐竜が描かれている。

「ああ。弟が好きなんだ、それ」

「弟……」

「何かしてくれた時とか、逆に何かして欲しい時とか、いつでもあげられるように持ち歩いてる。でも、結構美味《おい》しいから」

意外だった。口うるさい彼が、弟のために好物のチョコレートを常備していると考えただけで、口元が緩んでくる。

「じゃあ、いただきます」

自然とそう言葉にして、佐和はチョコレートを口に入れた。

ザクッとした食感に、少しだけ驚いた。どうやら、クランチ入りチョコレートのようだ。甘めのミルクチョコレートは、突出して美味しいと言えるものでもない。だけど、佐和にはすごく美味しく感じられた。

「美味しい……」

「だろ」

佐和の零《こぼ》した言葉に、少しだけ顔を上げた彼は笑っていた。普段はしかめ面で、文句しか言ってこない彼が見せた笑顔は、まるで子供みたいだった。

何、これ。

苦手だと思っていたはずなのに、なんで今こんなに鼓動が速くなっているのだろう。

心なしか、頬も熱くなってきた。

「ミルクティーも、嫌いじゃなかったらどうぞ」

佐和の動揺に全く気づかない彼は、先ほど置かれたペットボトルを軽く指差す。

「う、うん……ありがとう」

顔が熱いせいで喉《のど》も渇いてきた佐和にとって、ありがたい申し出だった。

何口か飲んでから、静かに深呼吸を繰り返す。

大丈夫。ただの、気のせい。

「あの、ありがとう。もう代わるから」

筆を受け取ろうと手を伸ばした佐和を、顔を上げないまま彼はひらりと避《よ》けた。

「楽しくなってきたから、いいよ」

「いや、でも」

「風間もやりたいなら、他の筆持ってきて」

「ええ、何それ」

佐和が思わず不平を口にすると、彼がようやく顔を上げた。

「二人でやった方が早いから助かるんだけど、どう？」

その時の彼の笑顔はやっぱり子供っぽくて、どこか意地悪そうなのに、優しくて。

佐和の心に、ずっと、残ることになった。


ずっと、というのは、本当にずっとだ。

高校を卒業しても、大学生活に慣れても、就職が決まっても、仕事に忙殺されても。

自分のことながら、しつこいと佐和も思う。

けれどあの日、教師に帰れと怒られるまで一緒に垂れ幕を塗ってから、すっかり仲良くなってしまったのだ。それはもう、親友のように。

別々の大学に進学しても月に一回は会っていたし、就職してからもその頻度はほとんど減ることがなかった。

だから余計にこの想いはたちが悪かった。

大学、就職で、いっそ彼が嫌な人に変化していってくれればよかった。けれど実際は少しずつ丸くなり、あの笑顔を佐和の前でよく出すようになってしまったくらいだ。

おかげで、他の男にまるで目が行かない。

それどころか、この笑顔を見られなくなるのは嫌だと思ってしまう。

告白して振られてしまったら、もう二度と会えなくなるかもしれない。

彼と話す、あの優しい一時。

たわいないことで盛り上がり、笑ってくれる瞬間。

職場の愚痴を零しても、黙って聞いてくれる時間。

全てなくなるなんて、佐和にはとても耐えられない。

激務でどんなに干からびそうになっても、彼との約束があるから頑張れる。

二人で過ごす時間があるから、また激務の中へ戻れるのだ。

「なんで連絡、ないんだろう……忙しいのかな」

女子会がお開きになり、佐和はスマホを片手に帰宅していた。

友人から返信が来なくなって、四日が経とうとしている。たかだか四日、されど四日だ。

これが他の友人だったらあまり気に留めない。けれど真面目な彼は、どんなに忙殺されていても割とすぐに返信をくれる。返信が来るまでの最長は、三日だった。

だから今日こそ来るだろうと思って、電車の中でもSNSの画面を凝視し続ける。でも、いつまで経っても新しいメッセージは届かないし、既読すら付かない。

電車を降りた途端、むわっとした空気が佐和に纏《まと》わりついてきた。まだまだ暑さの残る中、最寄り駅から歩きながら連絡の取れない理由を考えてみる。

最近、仕事が忙しいとは言っていた。

それにどことなく元気がなかった。

もしかして体調不良にでもなったのだろうか、と思い、佐和は内心慌てた。

もう少しで新しいメッセージを送ろうとして、指を止める。

「……しつこいって思われたら、どうしよう」

夜道で思わず立ち止まった佐和は、想像だけで泣きそうになる。

そもそも、佐和からのメッセージを読んでくれていないのが気になった。

もしかすると前回会った際、何か不快な想いをさせてしまったのではないだろうか。それで連絡を断とうと思われているのだとしたら。

ますます泣きそうになってきた。

職場では仕事のできる女なんて言われているが、そうあるように努力しているだけだ。実際は好きな相手に告白できない、意気地なしなのだ。

弱さを見せられる相手がいるから、仕事のための仮面を被《かぶ》れているに過ぎない。

泣くにしても家で泣こう。

そう決めて顔をグッと上げた瞬間、その看板が目に入った。

「ＢＡＲ《バー》　ＰＥＮＧＵＩＮ《ペンギン》？」

近所なのに、初めて見る看板だった。

よく見れば文字の最後に、さりげなくペンギンのシルエットが描かれている。

吸い寄せられるようにして近づくと、看板の下の扉にもペンギンがかたどられているではないか。こちらも目立たず、よく見ないとわからない程度だ。

バーに入ったことのない佐和にはなかなか入りづらいが、気になって仕方がない。

店の前で立ち止まったところで、立て看板の存在に気がついた。

『一歩を踏み出すための勇気を、あなたに』

店の人の手書きなのだろう。とても綺麗《きれい》で読みやすい字は、どことなく柔らかさも感じられる。

「一歩を、踏み出すための勇気……」

思わず口にしてから、佐和は再び扉へと目を向けた。

ウォルナット材のように重厚な雰囲気のある木製の扉だが、取っ手の下にペンギンがかたどられていることで親しみやすさがある。まるでバーという場所に躊躇《ちゅうちょ》している佐和に、手軽感を伝えているかのようだ。

何より、ペンギンは友人と佐和が好きな動物だ。二人でわざわざ少し遠い水族館に見に行ったくらい、思い入れがある。

「よしっ」

まさに一歩を踏み出す勇気だと思いながら、扉に手をかける。想像通りの重たい扉を引き開けると、涼しい風が頬を撫《な》でる横でカランッとかわいい音が鳴り響いた。よく見れば、ドアベルには魚のモチーフが付いていた。さすが、BAR　PENGUINだ。

薄暗い店内は、カウンター席とテーブル席があり、これぞバーという空間だった――初めて入るので漫画とかドラマとかで得た印象だけど。

八席くらいのカウンター席、それから二人がけのテーブル席が二セットと、こぢんまりしている。天井から下がるアンティーク調のペンダントライトに、磨き上げられたカウンターが照らされていて重厚な空気が漂っていた。

テーブル席の頭上ではシーリングファンが静かに回っていて、それがまたこのバーの雰囲気を盛り立てているように見えた。ところどころにさり気なく飾られたペンギンの置物がなければ、回れ右をしたくなったことだろう。

何よりも佐和に印象的だったのは、カウンターの奥に並んだ酒瓶だ。色とりどり、形もとりどりで、まるで宝石が並んでいるみたいだ。

「いらっしゃいませ」

扉が閉まるとほぼ同時に響いてきた声に、佐和は足を止めた。

渋くてよく通るよい声だ。バリトンよりもバスに近い低音が、心地よく鼓膜を震わせた。ダンディな声、と言っても差し支えない。バーの雰囲気と合っているし、きっとマスターは渋めのオジ様なのだろう。

考えて、佐和が声の主を探そうとしたところで、視線が動かせなくなった。酒瓶がたくさん並ぶカウンター内に、ペンギンが一羽立っているではないか。

あれは、ヒゲペンギンと呼ばれる種だ。アデリーペンギン属の一種で、顎《あご》付近に一本の線があるため、和名ではヒゲペンギンと呼ばれている。

何を隠そう、佐和の一番の推しペンギンだ。

思わず早足でカウンターへ近づいていく。

「こちらへどうぞ」

ペンギンが羽でカウンター席を指し示した。

きっとどこかにトレーナーさんか飼い主さんがいて、指示を出しているに違いない。だとしても、ペンギンが芸をするなんてすごい。

よく見れば、ペンギンは黒い蝶《ちょう》ネクタイをしている。

わかっている。このペンギンの飼い主さんは、ペンギンのよさを理解している。アデリーペンギン属と言えば、蝶ネクタイ。だって、あの尾の長さはまるで燕尾服《えんびふく》だから、蝶ネクタイさえ付け加えれば完璧《かんぺき》なのだ。

高まる気持ちを抑えるよう努力しながら、佐和は席についた。

どうやら他にお客は二人いるようだ。緑のメッシュの入った黒髪の、佐和と同い年くらいの男性が一人。それに、金髪の、大柄な男性が一人。

男性客しかいないことに少し気がひけたが、ヒゲペンギンの前では些末《さまつ》な問題だ。

「おしぼりをどうぞ」

「あ、ありがとうございます」

ペンギンがおしぼりを差し出してきた。

すごい、こんなことまでできるんだ、と佐和は手を叩《たた》いて賛美したくなるのを抑える。

それにしても、他に店員がいない。指示を出している人はいったいどこに隠れているのだろう。

佐和はふと考える。

先ほどから、声はペンギンの方からしてきた。いや、むしろペンギンからしてきたと思えるくらいだった。

どう見ても羽の艶《つや》や動きは本物だけど、まさか話すロボットペンギンなのだろうか。だとしたら、本当によくできている。手を出せる金額なら今すぐ買いたいくらいだ。部屋に置いて毎晩語り合いたいし、抱きしめたい。だけど感触はぬいぐるみとは違い、きっと硬いのだろう。

「メニューをご覧になりますか？」

ジッとヒゲペンギンを見つめている佐和の耳に、これまでとは別の声がした。少しくぐもっているが、優しい声だ。

顔を上げた佐和は、思わずぽかんと口を開けてしまった。

そこに立っているのは、ペンギンのマスクを被ったバーテンダーだったからだ。

しかも、コウテイペンギンのヒナのマスクだ。

まさかこの人が飼い主？

でもこちらのコウテイペンギンは、ペンギンにアテレコされている渋い声とは全く違う、若い男の声だ。

わけがわからなくなってきたが、ここのバーは『PENGUIN』だ。きっと従業員全員がペンギンになりきるとか、そういうのだろう。

それならそれで、楽しめばいいだけだ。

「えっと……実はこういったバーに入ったのが初めてなんです。それに、カクテルの名前とかもよく知らないので、何かおススメってありますか？　お酒は強い方なんで、アルコール強くても大丈夫です」

佐和がまっすぐにコウテイペンギンマスクに目を向けて尋ねると、彼がどこか戸惑うのが伝わってくる。

何かおかしなことを言っただろうか。

もしかして、バーではこういう頼み方はよくないのだろうか。

ペンギンマスクの人が、困ったようにヒゲペンギンの方へ視線を向けた。表情は全く見えないけど、多分困っている。

「あの、すみません。僕もまだ勉強中でして……」

「よいではありませんか。見習い君のおススメを聞かせて差し上げたらいかがでしょう」

ペンギンが優しく目を細めてペンギンマスクの人、見習い君と呼ばれた人に返す。

あれ、おかしい。

誰かに指示を出されているペンギン、もしくは精巧なロボットかと思っていたが、何かがおかしい。動きはやっぱりどう見ても本物だし、誰かが指示している様子もない。

ということはこのヒゲペンギンは本物で、渋い声はペンギンのもの……？

「で、では……お客様、カクテルには甘口、中口、辛口とございますが、どちらがご希望ですか？」

「じゃあ、甘口でお願いします。あ、デザート代わりになりそうなものとかありますか？確かお酒って甘い物もありましたよね」

なんて面倒くさい注文を言っているんだろう、と自分でも思う。だけど、頭が混乱している最中に考えをまとめるのは、なかなかに難しい。

だって、本当にペンギンが喋《しゃべ》っているのだとしたら、すごいことだ。

「では……アレキサンダーはいかがでしょうか」

「アレキサンダー？」

　少しの間を空けて見習い君から提示されたのは、聞いたことのないカクテル名だ。とはいえ、佐和の知っているカクテルなんてほとんどないが。

「少しアルコールは強めですが、チョコレートムースのような味わいのある、カクテルになります」

「チョコレートムース！」

　思わず佐和は腰を浮かせた。

　佐和は今でも、マニッシュなイメージを持たれやすい。男っぽい振る舞いはもうしていないが、背も平均よりずっとあるし仕事着はもっぱらパンツスーツだ。せめて髪の毛だけはと思い伸ばしてみても、あまり凝った髪型は似合わないのでいつも一括《ひとくく》りにしている。

　甘いものが大好きなのに、周囲からは「意外」「似合わない」と言われてしまう。

　だからチョコレートムースのようなカクテルを、と言われてついついテンションが上がってしまったのだ。

　そんな佐和の反応に、見習い君がマスクの下で優しく笑ってくれているような気がした。

「では、お願いします、マスター」

「お任せください。見習い君は、アレキサンダーに合うチャームをご用意ください」

「わかりました」

今、見習い君はペンギンに向かってマスターと言わなかっただろうか。

言った、間違いなく言った。

それを裏付けるかのように、ペンギンは颯爽《さっそう》と動き出した。

くるりと佐和に背を向けて、両羽を軽く広げてからよちよちと歩いて行く。アデリーペンギン属特有の長い尻尾《しっぽ》が左右に揺れて、とにかくかわいい。これだから、ペンギンの後ろ姿を見るのは止められない。

カウンターの奥にある酒瓶の並んだ棚から、大きな瓶を手に取った。あの羽でどうやって掴《つか》んでいるのか不思議だが、そのまま両羽で抱えるようにしてこちらまで運んでくる。

カウンター上に置かれたのは緑色の瓶で、中央に丸くて金色の印が付いている。

それからもう一本、運んできた。こちらは透明の瓶に、茶色い液体が入っているようだ。

この二つのお酒でカクテルを作るのだろうか。

誰が？　ペンギンが？　マスターって呼ばれていた、このヒゲペンギンが？

ドキドキする佐和の前で、ペンギンが突然視界から消えた。一瞬驚いたが、どうやらこれまではずっと台の上に乗っていたらしい。

ペタペタという足音が少し遠のいていった。

何かが開いて閉じた音がして、今度は足音が近づいてくる。

そして、シュッと風を切るような音とともに、マスターが再び姿を現した。まるで海から飛び出て氷山へ上がるように、マスターは台の上へと飛び乗ったのだ。

華麗なジャンプ姿に思わず拍手をしたくなるが、グッと堪《こら》えた。

手にしていた何かを置いてから、マスターは蝶ネクタイを両羽で整え始める。もしかして今のジャンプで位置がずれてしまったのだろうか。

一生懸命蝶ネクタイを直している姿はすごく、かわいい。仕上げとばかりに、彼は軽く体を震わせる。両羽を後ろに伸ばしてフルフルする姿は、まさに「ペンギン」だ。

それから準備は整ったとばかりに、マスターが銀色の器へ瓶のお酒を手際よく入れていく。それはもう慣れた手つきで、まるで淀《よど》みがない。

氷と、最後に生クリームらしき白い液体を入れてから、器の蓋《ふた》をした。

色んな意味で興奮する佐和の前で、マスターがリズミカルに器を振りだす。

上へ下へ、少し斜めに。

シャカシャカと音を立てて、規則的に器が振られていく。それを行っているのがペンギンだというのを忘れるくらい、動きは滑らかだ。

そして、蓋を外してからカクテルグラスへと注いでいく。カフェオレのような色味の液体が、グラスを満たした。

上に軽く何かを振りかけ、マスターがそっと佐和の前にカクテルを置いた。

細やかな白い泡が薄《う》っすらと膜を張り、まるで二層になったチョコレートムースにも見える。見た目だけでもすでにスイーツみたいで、胸が少し高鳴った。

「お待たせいたしました。アレキサンダーになります」

「は、はい……いただきます」

グラスの細い脚を恐る恐る持って、佐和は口をつけた。

一口目、まずはふわっとした食感に驚いた。

そのクリーミーさの中に、カカオの味とブランデーの香りがしっかりと溶け合い、一瞬で虜《とりこ》になる。

何より、口当たりはふんわりと滑らかだ。飲み物というより、本当にムースを食べているかのような気になってくる。だが甘みは控え目で、確かなアルコール度があり、これはまさに大人のチョコレートムースだと思う。

「美味《おい》しい……」

「恐れ入ります」

バーで飲むからかそれとも上品な味だからか、これ以上ない自分へのご褒美という感じがする。

「こちら、チャームになります」

見習い君が出してきたのは、小皿に並べられたクラッカーだ。クラッカーの上にのっているのは、チョコレートクリームに見える。

「チャーム？　えっと、お通しのようなものですか？」

「はい。当店ではチャージ料をいただきますので、このような小皿を出させていただいております」

「そうなんですね。それじゃあ、いただきます」

小さく言ってから、まずは一切れを手に取る。よく見ると、茶色いクリームにはレーズンがのっていた。

一口噛《か》むと、ザクッという音が口の中で響く。クラッカーのほのかな塩気とチョコレートクリーム、そしてレーズンが、とても合っていた。レーズンはどうやらラムレーズンのようで、噛めば噛むほど芳醇《ほうじゅん》な香りが広がっていく。

全く違う味なのに、ふと思い出すのは高校の時に食べたあの恐竜チョコだ。もしかすると、食感が少しだけ似ているのかもしれない。

「美味しい……」

「恐れ入ります」

お通しとして出されたなら、きっとアレキサンダーにも合うはずだ。佐和は少し緊張しながら再びカクテルグラスに口を付ける。

すると、口の中にふんわりとしたカクテルが流れ込んできた。先ほどのザクザク感と相反するからこそ、余計に楽しくなってくる。同じチョコレート系でも、お互いの甘さの違いや食感の違いがあり、飽きは来なかった。むしろ二層、三層になっているチョコレートムースを食べているかのような気分になる。

よく味わいながら、最後の一口まで堪能した。

「マスターさん、ありがとうございます。それに見習いさんも、こんなに美味しいのを選んでくれて、ありがとうございます」

「恐れ入ります」

思わずお礼を言いたくなるくらい、美味しかった。

マスターが深々と頭を下げる横で、見習い君は少し俯《うつむ》く。なぜだか、彼が照れながら笑っているような気がした。

「次、お願いしてもよいですか？」

「はい。いかがいたしましょうか」

マスターに訊《き》かれて、佐和は小さく唸《うな》った。まだクラッカーは残っている。どうせならこれと合うお酒が欲しいところだ。

「今みたいにチョコレートっぽくて甘めがいいんですけど、少しあっさりしているというか、さっぱりしているというか……そういうのって、何かありますか？」

「かしこまりました」

またもや難しい注文だったが、さすがはマスターだ。迷うことなく一礼して、準備に取り掛かる。

よちよち歩きで取ってきたのは、先ほどと同じ透明の酒瓶だった。

茶色いお酒を銀色の器へと注ぎ、何かのジュースも注いだ。それから蓋をして、シェイクが始まる。

前回よりも短いシェイクを終えて、マスターは円柱型グラスに中身を注いでいった。

そこに氷を入れ、いつの間にか用意されていた炭酸水を足していく。シュワシュワと泡を立てて、グラスが満たされていった。

最後に輪切りのレモンをのせたのものが、佐和の前へ差し出される。

「お待たせいたしました。カカオフィズになります」

「ありがとうございます」

カカオというだけあって、香ばしいような香りが佐和の鼻をくすぐった。オレンジに近い茶色で満たされたグラスは、アイスティーのようにも見える。

飲んでみると、まずはレモンの香りが鼻腔《びこう》にまで広がった。続いて甘く香ばしいカカオの味が炭酸によって口の中ではじけていく。最後に再び訪れる酸味が、爽《さわ》やかさを連れてきてくれた。

すごい。

佐和の注文通り、チョコレートっぽくて甘め、だけどさっぱりしている。

これはもう、たとえヒゲペンギンであろうと何ペンギンであろうと、彼がここのマスターだ。

「恋する胸の痛み、か」

突然聞こえてきた言葉に、佐和は思わず顔を横へ向けた。

どうやら二席先の黒髪の男性客が、呟《つぶや》いたようだ。

「ロコ様、よくご存じですね。その通りです。カカオフィズのカクテル言葉は、恋する胸の痛み、だそうです」

マスターが男性客に向かって小さく頷《うなず》いた。

あまりにもタイムリーな言葉に、佐和は思わず手にしたグラスを見つめてしまう。

「お嬢さんには、どうやらピッタリだったようだ」

達観したような、全てを見透かしているような笑みを浮かべて、ロコと呼ばれた男性客が佐和を見た。

「え……えっ！　なんでっ」

突然のことに慌てて佐和は下を向く。そんなに顔に出ていたのだろうかと思い、両手で頬を覆うと、いつもより少し熱く感じられた。

「ロコ様は、恋愛ごとにお詳しい方ですから」

恋愛に詳しいってなんだろう。聞いたことないけれど、恋愛評論家とかそういうのだろうか。いや、そんな評論家存在するのか。

「そんなんじゃないが……お嬢さん、よかったら話してみたらどうだい？　客観的に考えるよい機会になるかもしれない。あ、俺はロコっていうもんだ」

お嬢さんと呼んでくるが、見た感じロコと佐和の年はそう変わらないように見える。だが落ち着いた雰囲気のせいか、妙な貫録が感じられた。

それにしてもロコって、変わった名前だ。もしかしたらあだ名のようなものだろうか。

「あ、風間って言います。あの……」

佐和は視線を泳がせた。

こんな見ず知らずの相手にいきなり恋愛相談なんて、どうかしている。そう思う一方で、近しい女友達にもずっと秘密にしている恋は、案外赤の他人に話す方が気楽なのかもしれないとも思う。

それに、佐和としてもいい加減誰かに打ち明けたい気持ちがあるのだ。

本人には無理だけど、せめて誰かにこの恋心を伝えたい。そうでないと、いつまで経ってもどこにも進めない気がする。

迷っていると、佐和の前に立っているマスターと目が合った。

「無理にお話しになることはありませんよ、風間様。ただ、秘めた胸の内を吐露することで、踏み出せる一歩もあるのではないでしょうか」

ふと、立て看板の『一歩を踏み出すための勇気を、あなたに』という言葉を思い出す。

あの言葉に惹《ひ》かれたのは、現状から一歩を踏み出したかったからだ。その勇気を、何かにもらいたかったからだ。

「あの、本当に、ただの片思いの話なんですけど……」

まだカカオフィズの残る冷たいグラスを両手で握って、佐和は口を開いた。

マスターに見習い君、それにロコともう一人の男性客、バー内の誰もが佐和の話の続きを待っているようだった。

急《せ》かす様子はなく、静かに柔らかい眼差《まなざ》しを向けて待っていてくれる。

「私、高校の時の同級生が、ずっと好きなんです」

口にしたことのなかった想いが言葉として紡がれる。それだけで、いかに自分が彼を好きか思い知らされる気がした。

「真面目で、ちょっと融通利かないところもあるんですけど、とっても優しい人なんです。私が辛《つら》かった時、彼だけ気づいて助けてくれて……それから仲良くなったんですけど、ずっと、ずっと友達なんです……」

思わずグラスを持つ手に力が入る。

本当に、ただの友達だ。

日帰り旅行だって、水族館だって、動物園だって、映画にだって一緒に行った。だけど手を握ったことすらない。

「知り合ってからもう九年以上経っているんです。たくさんの時間を一緒に過ごしてきたのに、そういう進展は何もなくて……きっと、相手は私を友達としか想っていないんだって考えたら、怖くて告白もできなくて……」

「そりゃ、もし振られでもしたら、気まずくなって会う機会も減るからな。怖くもなるさ」

ロコがウイスキーか何かを飲みながら、しみじみと頷いた。

そうだ、振られることよりも会えなくなるのが一番怖い。

「けど九年ってやっぱり長くて……最近、このままじゃいけないとも思うんです」

昔は友達でも傍にいられるだけでいいと思っていた。だけど年を重ねるにつれて、今のままの関係を一生続けられるわけがないと、わかってきてしまった。

もし友人に彼女ができてしまったら、今までみたいに二人で出かけられない。共通の友達でもいない限り、会うことだって難しくなるだろう。

「なら、一歩踏み出せばいい。そう思うのに、やっぱり怖いって……結局考えが堂々巡りになっちゃうんです」

悩みだしてから、何も行動を起こせないまま結局三年以上が過ぎた。

佐和は今以上なんて望まないのに、この先も現状維持していくのは無理だ。もう、前にも後ろにも進めない。

「何かを失いたくないと願うのも、何かを得たいと願うのも、本質は同じではないでしょうか」

しばらくの沈黙のあと、マスターがそう言った。

「どちらの場合も等しく願いであり、欲望です。しかしこれこそが原動力になるのではないでしょうか。そして、原動力を伴って行動を、つまり努力をすることで、願いを叶《かな》えることができるはずです。何も考えずただ立ち尽くしているだけでは当然新しいものは得られないですし、今あるものですら保つことは難しい。願望を実現させるためには、常に努力が必要ではありませんか？」

「努力……」

失わないための努力は、これまでいっぱいしてきた。

重くなり過ぎない程度に小まめに連絡を取ったり、相手の好きな物を調べて話が合うようにしたり、好きそうなイベントを調べて誘ったり。

だけど、これ以上を得るための努力は、何もしてこなかったのかもしれない。

「そうだな。恋愛っていうのは相手がいてこそ成り立つものだ。相手を射止めるためには努力か、幸運が必要だな」

「ええ。巣を作ったり、求愛行動をしたり、我々ペンギンの世界もそれはそれは涙ぐましい努力をしなくてはなりません」

相変わらず落ち着いた渋くよい声だが、どこか力が入っているように聞こえるのは気のせいだろうか。

そうだ。人間以外もパートナーを射止めるのは様々な努力をしていると、何かで読んだことがある。多くのペンギンは求愛のために恍惚《こうこつ》のディスプレイという、首を上に向けて羽を振ったり鳴いたりの行動をする。あれも、彼らの努力の一つなのだ。

そういう意味で、佐和は努力してきただろうか、と自問する。相手に女性としての佐和を見てもらおうと努力しただろうか。

正直、したとはとても言えない。

「見習い君は、どう思われますか？」

ずっと黙っていた見習い君に、マスターが優しく尋ねた。

ペンギンマスクを被《かぶ》っているが、彼は人間の男性だ。もしかして何か参考になる意見が聞けるかもしれないと、佐和は少し体を見習い君に向ける。

「え……あの、すみません……僕、恋愛ってよくわからなくて……」

緊張したように体を縮こまらせて、見習い君は苦笑する。見えないけど、きっと苦笑しているはずだ。

「おや、そうなのですか。ですが、案外気づいていないだけで、周りに恋愛の種が蒔《ま》かれていることもありますよ」

「そう、なんですかね」

見習い君の話が聞けなくて、佐和は思った以上に落胆していた。自分から一歩踏み出すためにも、男性の意見を色々聞きたかったのかもしれない。

氷が溶ける前にカカオフィズを飲み終えて、佐和は席を立った。

「またのお越しをお待ちしております、風間様」

マスターのよい声に、佐和は一度振り返る。

そして、押し開けようとしていた扉の取っ手から、思わず手を放した。ロコやもう一人の男性客が、黒い鳥とライオンに見えたのだ。

目を擦《こす》ってみたが、やはり鳥とライオンだった。

女子会のあとに二杯は飲み過ぎたと思いながら、佐和はＢＡＲ　ＰＥＮＧＵＩＮをあとにした。


翌日の土曜日も、やり残した仕事のために佐和は休日出勤することにした。昨晩はかなり飲んだので、もちろん平日の出勤時間よりは遅く家を出る。おかげで、外の気温はすっかり上がっていて、駅までの道ですっかり汗ばんでしまった。

電車に揺られながら、スマートフォンを手にした。相変わらず既読もつかないし、新着メッセージもない。

佐和は泣きそうになるのを堪《こら》え、短いメッセージを送ることにした。

『いいお店見つけたんだ。今度飲みに行こうよ』

ペンギン好きの彼にＢＡＲ　ＰＥＮＧＵＩＮについて話せば、きっと興味を持ってくれるはずだ。

けれど、電車を降りるまでやっぱり既読はつかなかった。

気落ちしたまま、仕事を切り上げた時にはもう夕方になっていた。

スマートフォンを見ても何のお知らせもない。ＳＮＳを確認しても、何も変化はなかった。

泣きそうになりながら昨日の「一歩を踏み出す勇気」という言葉を思い出す。

連絡先から友人の電話番号を探し出し、発信してみる。

『おかけになった電話は電波の届かない場所にあるか、電源が入っていないため……』

呼び出し音が鳴るかと構えていた佐和の耳に、案内アナウンスが流れてきた。

これまでも、なかったわけではない。

真面目な友人は大事な取引先と会う時などに、私用スマホの電源を切ることがある。うっかりそのまま入れ忘れて休日になった、という話も聞いたことがあった。

だからきっと、避けられているわけではないのだ。着信拒否にされていたら、こんなアナウンスは流れないはずだ。

それでも佐和の心は晴れない。

避けられていないとしたら、どうしたというのだろうか。

もしかして倒れている、なんてことはないだろうか。人の体調の悪さにはすぐに気づくくせに、自分に関しては鈍感な彼のことだ。十分にありえる。

だけど、ただ日々が充実し過ぎていて、佐和に構っていられなくなっただけだったら。

これまでこんなに長く連絡が取れなくなったことがないため、不安で押しつぶされそうだ。

いっそのこと、このまま家に押しかけてみようか。

ダメだ。

そこでもし女性と一緒の現場でも見てしまったら、立ち直れる自信がない。

考えた結果、結局佐和は帰ることにした。

最寄り駅の定食屋で夕飯を簡単に済ませ、そのまま家路を辿《たど》る途中で、ふとBAR　PENGUINのことを思い出す。

土曜日なら、やっているかもしれない。特に飲みたい気分ではないが、今はひとりでいたらどんどん悪い方に考えてしまいそうだった。

昼間とさほど変わらない、生温《なまぬる》い夜風を受けながら、佐和は重い足取りでBAR　PENGUINに向かった。

すっかり暗くなった夜道の中に、ぼんやりと灯《とも》る温かい光が見える。あのかわいらしい看板を照らす灯りだとすぐにわかった。

ふらふらと吸い寄せられるようにして扉に手をかけた。ゆっくり重たい扉を引き開けると、涼やかな空気が佐和の体を包み込んでいく。

「いらっしゃいませ、風間様」

ドアベルの音をかき消すように、マスターの渋く通る声が響いてくる。

佐和の強張《こわば》っていた体が少しだけほぐれていく気がした。

カウンターへ向かって歩く途中、誰か先客がいることに気づかされる。

体は黒くて、頭のてっぺんはやや緑で、羽があって……羽が、あって？

鳥だ。

昨晩見た、黒い鳥だ。

ワイシャツにチノパンを着こなし、カウンター席に優雅に腰かけている、鳥だ。

「おや、お嬢さん。また会ったね」

佐和を振り返った鳥は、ウイスキーらしきものが入ったグラスを軽く上げてみせた。

あの羽でどうやってグラスを持っているのだろうか。

そんなことより鳥は今「お嬢さん」と言った。そしてあの声は、昨晩話したロコと同じ声だ。

もしかして、この鳥はロコ？

ありえないと思うものの、そもそもここのマスターは喋《しゃべ》るペンギンだ。なら、客に鳥がいたって不思議ではないかもしれない。むしろ、佐和の方が異質な客の可能性だってある。

この際だ、見えるがままを受け入れてしまおう。

「こんばんは、ロコさん」

思ったよりずっと自然に挨拶《あいさつ》ができた佐和を、ロコが手招きする。どうやら隣に座れと言われているようだ。

昨日見えていた人間の姿のロコに手招きされたら、もしかして少し身構えたかもしれない。けれど、鳥の横に座るのならなんの抵抗もないどころか、むしろ楽しそうだ。

「どうした、昨晩より疲れた顔をしているな」

グラスをそっと置いて、ロコは心配そうな視線を佐和に投げかける。鳥なのに、なぜかそういう顔をしているのだとわかるのだから、不思議だ。

「昨日話した好きな人に、連絡を取ろうと思ったんです……けど、電話がかからなくて……」

まだ会うのも二回目だというのに、自然に弱音が出てくる。もしかすると、相手が鳥だからかもしれない。

「ふむ。とりあえず、そういう時は一杯飲むといい。マスター、俺のおごりでエッグノッグをホットで頼む」

「かしこまりました」

ロコの注文に、マスターが深々と一礼した。

「えっ、そんな悪いです。自分で頼みますから」

「気にすることはないさ。バーっていう隠れ家に来ている仲間同士、元気づけたっていいだろ」

ロコが器用にウインクをしてみせた。

鳥がウインクなんて面白いし、かわいいのに、なんだか佐和は泣きたくなる。

昨日会ったばかりなのに仲間と言ってもらえることが、こんなにも嬉《うれ》しいとは知らなかった。これがバーという場所の魅力なのだろうか。

「ありがとうございます……」

佐和の前では、マスターが着々と準備を進めていた。

まず奥の酒棚から酒瓶を持ってくる。よちよち歩きで二本も抱えてこられて、見ている方が緊張した。

それからひょいっと台から飛び降りたかと思うと、何かを抱えて再び佐和の前に飛び上がってくる。

抱えていたのは、卵だ。

まさかマスターここで抱卵を始めるんですか、と一瞬考えたが、違うらしい。

コンコンッとグラスのふちで卵を打ってから、銀色の器に器用に中身を入れていく。

ペンギンが卵を割るって、なんだか背徳感がすごい。

二種類の酒を器に注いでから蓋《ふた》をすると、マスターがシェイクしだした。

シャカシャカとリズミカルに、涼やかな顔をしたマスターに器は振られていく。いくら声がダンディでも、ヒゲペンギンの愛らしさが変わるわけではない。シェイクする姿は、相変わらずうっとりとしてしまうほど、かわいい姿だ。

しばらくして、マスターがカウンターに一度器を置いた。

用意されていた持ち手つきのグラスに中身を注ぐ。濃いカフェオレのような色をしているところへ、いつの間に用意していたのか温かそうな牛乳が足されていった。注ぎながら長いスプーンでかき混ぜているのだから、本当にマスターは器用だと思う。

「お待たせいたしました。エッグノッグになります」

マスターが佐和の目の前にグラスを置いた。

カフェオレよりもずっと薄い色をしたカクテルからは、ほのかに甘い香りが漂ってくる。

湯気が立っているのを見て、そういえばロコが「ホットで」と言っていたのを思い出す。
「いただきます」
マスターとロコにそれぞれ軽く会釈をしてから、佐和はゆっくりグラスを口元に運んだ。
とろりとしたクリーミーさは、口の中でまるでカスタードクリームのように広がってい
く。確かな甘さとミルク感が、どこか懐かしさを感じさせた。お酒なのに、小さい頃に飲
んだミルクセーキを思わせるのだ。
それに、程よい温かさとほのかに感じられるアルコールが、体を芯《しん》から温めてくれるよ
うな気がする。
「美味《おい》しい……」
「恐れ入ります」
マスターがどことなく嬉しそうに頭を下げた。
「エッグノッグは、疲れた時に飲むとホッとするよな」
「はい。すごく、落ち着きます」
ロコの言う通り、甘さと温かさのおかげでとても落ち着く味だ。カクテルといえば冷た
い物だと思い込んでいたが、温かいカクテルも美味しいのだと初めて知った。外はまだ暑
さの残る気温だが、涼しい店内だからこそ美味しく飲める。

「こちらチャームになります」

「あ、ありがとうございます」

出てきたのはクリームチーズとドライフルーツののったトーストだった。一口サイズに切られた厚切りのトーストを齧《かじ》ってみる。

ザクッとした食感とクリームチーズの柔らかさが、何とも言えない調和を感じさせた。様々なドライフルーツによって味は複雑になりつつも、クリームチーズの程よい酸味がすべてを包み込む。

それからエッグノッグを口にすると、カスタードのような味わいが見事にマッチした。ゆっくりと味わい半分ほど飲んだところで、佐和は大きく息を吐いた。ようやく、少し気力が戻ってきた気がする。

「さっきも言った通り、連絡がつかないんです」

佐和の言葉に、ロコとマスターが静かに頷《うなず》いてくれた。

「実は、ここ数日相手から連絡がこないんです。他の人からしたらたかだか数日って思われるかもしれないですけど、彼はすごく律義な人だから、こんなこと初めてなんです。メッセージを読んだ様子もないし、どうしたんだろうって思ってて……」

考え出すと、また体が強張ってきそうだった。

思わず、エッグノッグの入ったグラスを両手で握る。指先が温まって、少し安心した。

「昨日ここへ来て、一歩踏み出してみようと思えたんです。だから、もう一度連絡してみたんです。今朝メッセージを送ってもやっぱり返信はないから、思い切って電話してみました。だけど……繋《つな》がらなかったんです……」

自分を慰めるように、佐和は再びグラスに口を付けた。まろやかで甘い味が口の中に広がっていく。

「じゃあ、お嬢さんはその彼をあきらめるのかい？」

少しの沈黙のあとで、ロコが落ち着いた声色で訊《き》いてきた。

「そんな！　あきらめるなんてできません！」

気がつくと、即答していた。

ハッとして口元を押さえると、ロコとマスターが優しい視線を向けているのに気づいた。どうやら佐和は、ロコに試されたらしい。どれくらいの気持ちなのかを、改めて気づかせようとしてくれたのだ。

連絡が取れないのは不安だが、それであきらめられるようなら、九年も想い続けていない。簡単にあきらめられないから、ずっと悩んできたのだ。

「そうですね、あきらめるのは全力を出してからで十分だと思いますよ」

マスターの柔らかい声は、まるで佐和自身を肯定してくれるかのようだ。

「では風間様に、今度は私から一杯贈りましょう」

「え？　いやいやいや、悪いですから」

予想していなかった申し出に、佐和は思い切り両手を振って断る。

「いいんだよ、お嬢ちゃん。マスターが飲ませたいって言うんだから、素直に受け取ればいい」

「でも……」

「ええ、風間様のための一杯ですので」

素直に受け止めきれない佐和の前で、マスターが酒棚に向かって歩き出す。尾が左右に揺れる様は、何度見てもいい。

今度は両羽で一本だけ瓶を抱えて、マスターが戻ってくる。昨日抱えていた瓶と同じような形や色をしているが、またチョコレートやカカオの風味のものなのだろうか。

銀色の器にお酒と何かの液体を入れてから、蓋が閉められた。そこから流れるような動作でマスターのシェイクが始まった。

まだまだ見ていたかったのに、あっという間にシェイクは終わってしまった。これまでで一番短かったように思える。どうやら作るカクテルの種類で、シェイクする時間が違うようだ。

氷の入った円柱型のグラスに中身を入れたあとで、炭酸水が足された。仕上げとばかりに長いスプーンで軽くかき混ぜて、マスターが静かにグラスを佐和の前へと置いた。

「アプリコットフィズになります。どうぞ、お召し上がりください」

琥珀《こはくいろ》色のカクテルに入った大きめの氷が、まるで宝石のように見える。よく見ると、レモンの輪切りが浮いていた。

「いただきます」

勧められたからには、飲まないわけにはいかない。

佐和がグラスをゆっくり口元に運ぶと、飲む前からアンズの甘い香りが鼻をくすぐった。

期待しながら一口飲んでみる。

途端、清涼感が口の中に広がっていく。

甘さもしっかり感じられるのに、さっぱりとしているのは中のレモンのせいだろうか。

最後に残るほのかなお酒の香りが、また味わい深い。

「美味しいです」

「恐れ入ります」

素直な感想を述べる佐和に、マスターが満足そうに一礼した。

もっと具体的な感想を述べられればよいのだろうが、いざ言葉にしようとするとなかなか難しい。それに、そんなことは特に望まれていないような気もする。

　大事なのは、ちゃんとマスターが出してくれたカクテルを味わうことだと思うのだ。

「アプリコット、つまりアンズのように樹木になる果実は、その種を蒔《ま》いても同じ果実が実らないことは、ご存じですか？」

　三分の一ほど飲んだところで、それまで黙っていたマスターが切りだした。

「え、そうなんですか？　初めて聞きました……でも、それじゃあ、どうするんですか？　だって、木を増やせないですよね」

「はい。ですから、接《つ》ぎ木という手法で木を増やしていくのです」

「接ぎ木、ですか？」

　聞いたことのある言葉だが、具体的なことを何も知らない佐和は首を傾げた。

「簡単に言えば、土台となる植物に違う種類の植物を繋げるという技法です。たとえばアンズでしたらモモの木を土台として接ぎ木すると、うまく育ちやすいようです」

「アンズとモモって、似ていますもんね」

「はい。どちらもバラ科のサクラ属ですからね」

　そこで佐和はピンときた。

「あ！　ペンギン科アデリーペンギン属だから、アデリーペンギン、ジェンツーペンギン、ヒゲペンギンのシルエットが似ているのと同じ感じですかね！　ヒゲペンギンとエンペラーペンギンでは、全然違いますもんね」

思わず身を乗り出すと、マスターは驚いたように目を丸くさせた。実際はそこまで変化していないが、佐和にはそう見えた。

「おや、風間様はペンギンについてお詳しいのですね。いやはや、嬉《うれ》しい限りです」

「私、ペンギン大好きなんです」

「それはそれは。照れてしまいそうです」

実際に少し照れているのか、マスターは思い出したように蝶《ちょう》ネクタイを整える。その姿はやっぱり愛らしい。本当に、ペンギンに蝶ネクタイは様になると思う。

「接ぎ木は、必ず成功するわけではありません。今述べましたように、遠縁の種では成功率は低くなりますし、近縁の種だとしても失敗することもあります。どれとどれを組み合わせれば上手《うま》くいくかは、経験を積んで習得するしかありません。つまり、努力なくしては成功しないのです」

マスターの優しくも渋い声が、バーの中に響く。

「恋愛も似ているのではないかと、私は思います。相手との心の距離を縮めることは、とても難しい。偶然や幸運を願うだけでなく、努力も必要ではないでしょうか」

「努力……」

そうだ、昨日もマスターやロコが言っていた。

相手を射止めるためには努力か幸運が必要だと言ったのは、ロコだ。

何かを失いたくない時も、何かを得たい時も、己の努力なくしては叶《かな》わないと言ったのは、マスターだ。

努力は決して簡単なことではない。だけど、佐和が相手を振り向かせるための努力をしてこなかったのは、紛れもない事実だった。

「このアプリコットフィズのカクテル言葉には『振り向いてください』というものがあるそうです。僭越《せんえつ》ながら、今の風間様にはぴったりだと思い、お出しいたしました」

「それ、マスターが恋愛の後押しをする時に出すんだよ。まあ、俺は出してもらったことはないんだが、それを飲んで覚悟を決められた、なんてヤツもいるみたいだな」

ロコはやはり恋愛評論家だから必要ないのだろうかと考えながら、目の前のアプリコットフィズを見つめる。

覚悟と努力。

今の佐和に足りていないものだ。

これを飲み干せば、覚悟を決めて努力できるだろうか。
そうなりたい――強く願いながら再びグラスを口元に運んだ。
そうして一口、二口と飲み進めていると、次第に瞼《まぶた》が重くなってきた。
店内で寝るなんてありえない。
起きなければと思うのに、強力な睡魔にそのうち逆らえなくなった。

目が覚めると、天井の高い室内にいた。
天井の骨組みが見える感じ、開けた空間。
おそらくここは体育館だ。
でも、佐和の知っている体育館ではない。
不思議に思いながらも視点を動かすと、目の前に鏡があった。
映っていたのは茶色い鳥だ。服を着ているが、ロコもそうだったからよしとしよう。
だけど、これは体操服ではないだろうか。
上は白の無地、下が鮮やかな青い短パン。うん、やっぱりどう見ても体操服だ。
「お、もう来ているとは、感心感心」
当惑していると、突然背後から声をかけられて振り返る。

そこには佐和と同じ姿の茶色い鳥が二羽と、黒い鳥が一羽立っていた。

黒い方は頭頂と首筋の辺りが青緑になっており、まさにロコと同じ種類の鳥だった。ただ、なぜかこの鳥はロコではないと断言できる自分に、佐和は内心驚いてしまう。

当然のように、みんな体操服を着ている。

「後輩たちよ、準備はよいか？」

黒い鳥が、佐和と他の二羽に向かってきりりとした顔を向けてくる。

「はい、先輩！」

「今日もご指導、よろしくお願いいたします！」

やる気がみなぎった様子の二羽が言うので、佐和もつられて頭を下げた。

「よし！　では、ミュージックスタート！」

先輩と呼ばれた黒い鳥が、両羽をバッと勢いよく広げてクチバシを高く上へ向けた。

それに合わせて、体育館内に音楽が響きだす。少しテクノが入った、アップテンポのダンスミュージックだ。

佐和も自然と体がリズムを刻んでしまいそうになる中、三羽は踊り出していた。

羽はまるで扇のように広がり、両羽できれいに円を描いている。足は固定したまま、腰を動かしながら広げたままの羽を左右へと動かした。

クチバシは相変わらず上へ向けたままなので、後ろに倒れ込むのではと心配になるくらい姿勢はいい。動きにはキレがあり、風を切る音すら聞こえてきそうだ。

三羽の中でもさすがは先輩と呼ばれるだけあって、黒い鳥の踊りは他よりキレがある。どうやら先輩をお手本として、他の二羽が踊っているようだ。

「もっと機敏に！」

「はい！」

「もっと羽をめいっぱい広げて！」

「はい！」

「素早いという言葉の一歩先へ！」

「はい！」

「限界を超えるんだ！」

「はい！」

「手首のスナップも忘れるな！」

「はい！」

踊りながら先輩鳥が声を張り上げると、後輩たちもそれに全力で応《こた》えている。

確か鳥は汗腺《かんせん》がないので汗をかかないはずだ。それなのになぜか、彼らの周りには弾《はじ》け飛ぶ汗の滴が見えるかのようだ。

三羽の動きはまるで、生きるか死ぬかを迫られているのではと思えるほど、鬼気迫るものがあった。

曲が鳴り止《や》んだ途端、三羽の動きがピタリと止まった。

誰もが全力を出していたとわかるくらい、息が上がっている。

「あの……一体なんの練習ですか？」

三羽の荒い呼吸だけが体育館に響く中、佐和は恐る恐る尋ねてみた。

すると示し合わせたかのように、三羽が同時に勢いよく振り返る。

「何って、決まっているだろ。求愛ダンスの練習だよ」

「きゅ、求愛……？」

困惑する佐和に三羽が嘘だろ、という表情を向けた。

先輩が一歩佐和に近づいてくる。どうやら彼が代表で答えてくれるみたいだ。

「俺たちフウチョウはメスを射止めるために、言葉ではなくこの踊りで愛を伝えるんだ。そして、彼女たちも踊りを見てすべてを判断する」

「踊りで、愛を……」

先ほどの踊りは、正直なところ滑稽《こっけい》とも思えるほど奇抜だった。

あれでメスの心を射止めることなど不可能なようにも思えたが、それはあくまで人間の感覚なのだろう。

「チャンスなら、きっと何度かは巡ってくる。しかし、だからといって全力を注がないのは彼女たちにも失礼だ。それに、自分はこれだけ練習したのだから大丈夫、という自信は、動きの精度に必ずつながる。だから俺たちは求愛の季節が来る前に、こうして練習を重ねているんだ」

先輩の目も、他の二羽の目も、真剣そのものだった。

彼らの愛の表現方法が踊りであるなら、ある意味生死がかかっていると言っても過言ではないのかもしれない。三羽の表情から、それが伝わってくる。

「お前もコウロコフウチョウたるもの、練習あるのみだ。努力なくして、メスの心を射止めることはできないからな」

コウロコフウチョウというのは、おそらく彼らの鳥の種類を指すのだろう。なるほど、それならロコさんという名前にも納得だ。

先輩と後輩は似ても似つかない体の色だが、ペンギンの若鳥と成鳥の模様が違うこともあるし、きっとそういう差に違いない。

「さあ、一緒に練習するぞ！」

「そうだよ、一緒にやろう！」

「頑張ろうぜ！」

熱い三羽の誘いは、佐和から断るという選択肢をなくしていく。

なにせこれは夢なのだ。それならいっそのこと、必死になってみるのもいいかもしれない。

「わかりました！」

佐和が答えると、三羽が一斉に深く頷《うなず》いた。

「ミュージックスタート！」

先輩の声と共に音楽が鳴り始める。

見よう見まねで踊り出すと、次第に夢中になっていく。気がつけば、身も心も熱くなっていた。

これが本能というものだろうか。先ほどまで滑稽だと思っていたのに、今は全身全霊をかけて踊りを極めたいと思い始めている。

気がついたら、三羽と一緒に何度も繰り返して練習していた。

「お前たち、よく頑張ったな」

膝《ひざ》と羽を床に付けてへばっている後輩たちを見下ろし、先輩が言う。

「これでもう、教えることはない。お前たちは成鳥になっても練習し続けるんだ」

「はい！」

佐和と二羽の声が重なる。

先輩が優しい目で満足そうに頷いた。

「俺は今から、挑んでくる」

先輩がスッと体育館横の扉を見た。

これから挑む、つまり求愛しに行くのだ。佐和と後輩二羽に緊張が走る――これだけ練習したすぐあとに挑むなんて。だが、先輩の表情は爽《さわ》やかだった。

「俺の雄姿を、見届けてくれ」

そう言って、先輩は颯爽《さっそう》と歩き出した。

佐和と後輩二羽は慌てて先輩を追った。扉の前で立ち止まり、そっと外を覗《のぞ》いてみる。

先輩から少し離れたところに、佐和たちとあまり色味の変わらない鳥が佇《たたず》んでいた。顔つきや雰囲気からいって、おそらくメスなのだろう。

先輩が踊りを始めた。

先ほどまで踊り狂っていたあととはとても思えぬほど、キレ味抜群の動きだ。羽の動き、腰の動き、そして体の反り具合、どれを見てもこれまでで一番、素晴らしかった。

見ているだけで心が震え、涙が出そうなくらいだ。
そうしてしばらく先輩が踊り続けていると、メスが先輩の羽の下に入ってきた。
「やった！」
後輩二羽が、ガッツポーズを決めた。
そうか、先輩はうまくいったんだ。
努力は実ったんだ。
まるで自分のことのように嬉《うれ》しくなったところで、佐和の視界は暗くなっていった。

目を覚ますと、家だった。
思わず佐和は自分の手を見たが、羽ではなく人間の手をしている。
「夢……当たり前だよね。夢だよね」
でも、妙に現実感のある夢だった。
羽が音を立てて風を切っていく感覚。
踊っている時の高揚感。
起きた今でも鮮明に思い出せるほどだ。
何よりも残っているのは「努力なくしてメスの心を射止めることはできない」という言

葉だ。

そうだ、マスターも「偶然や幸運を願うだけでなく、努力も必要ではないでしょうか」と言っていたではないか。

偶然や幸運を待っているだけでは、いつまで経っても何も変わらない。動物たちだってあれだけ努力をしているのだ、自分だって努力をすればいい。

佐和はゆっくりと起き上がる。

時計を確認すると、もう朝だった。

「思い立ったが吉日、だよね」

幸いにして今日は予定のない日曜日だ。支度を整え、佐和はひとりで繁華街まで出ることにする。

いつも行っている美容室を覗いてみると、早い時間だったからかたまたま空きがあった。

普段は前髪を切って、毛先を適当に整えてもらうだけだが、今回は違う。担当の美容師と話して、佐和に似合う髪型を考えてもらうことにしたのだ。

すると、彼女は嬉々《きき》として提案してくれた。たとえお世辞でも「もったいないと思っていた」と言ってもらえたのは、今の佐和にはありがたかった。

「ほら、すごく似合ってますよ！」

仕上がってから、美容師が満面の笑みでそう言ってくれた。

鏡で自分を見て、改めて佐和もそう思う。少しだけ髪色を変え、毛先にパーマをかけてもらっただけで、なぜだか顔が明るく見えた。

僅《わず》かとも思えることでこんなに変わるなんて、美容師ってすごい。

美容室を出る佐和の足取りは、これまでになく軽かった。

それから、今の髪型に似合う服を探しに出かけることにする。背が高いのでいつもパンツルックばかりだったが、思い切ってスカートにしようと決めていた。

制服や就活時のスーツでスカートをはいていた時は、いつも気が乗らなかった。だけど今回はまったく違う気持ちではけそうだ。

よく行くショップで思い切って店員に相談したところ、優しく対応してもらえた。

あれでもないこれでもないと試着して、ようやくワンピース一着と、ロングスカートを一着購入することにする。

帰宅すると、もう夕方だった。

試しに購入した服に着替えてみたところ、家にある服とも相性がよさそうだった。

戦闘準備は整ったとばかりに、佐和はスマートフォンを取り出した。

相変わらず新着のメッセージはない。もちろん、既読マークもついていなかった。落胆しないと言えば嘘になるが、それでもめげてはいられない。

まだ嫌いだとも、友達をやめたいとも言われていないのだ。

はっきりと拒絶されるまで、あきらめてたまるか。

そこまで考えてから、佐和は一度大きく全身で深呼吸をする。

一歩踏み出す勇気。

振り向いてもらうための努力。

履歴から彼の電話番号を探し、電話を鳴らすことにした。


「これで、BAR PENGUINの役割を理解できましたか？」

誰もいない店内で、マスターは見習いに尋ねた。

「なんとなく、ですが。つまり、ここは何かに行き詰まったお客様だけが来られるバー……ということですよね」

拭《ふ》いていたグラスを棚に戻した見習いが自信なげに答えると、マスターが穏やかな表情で頷く。

「ええ、その通りです。そして、少しでもお客様に心を軽くしていただくように努めるのが、我々の仕事です」

「素敵な仕事ですね」

「とてもやりがいがありますよ。悩みから解放されたお客様のお顔が、私にとって何よりの報酬です」

マスターは優し気に微笑んだ。

彼の顔を見れば、それが心からの言葉であることが伝わってくる。

「あの、彼女は無事に帰宅されているんですよね？」

「ええ、もちろんです。ちゃんとご自宅で目覚めますよ」

女性客というのもあって心配していた見習いが、安堵《あんど》の息を吐《つ》いた。

「さて、君は今回の件をどう思われましたか？」

「え？　どう、とは……」

唐突な質問に、見習いは思わず首を傾げた。

「君がここに来てから初めてのお客様でしたので、どのように感じたのか、よければ聞かせてください」

「そ、そうですね……彼女が前向きになったのなら、すごく嬉しいです」

たどたどしく見習いが言葉を紡ぐと、マスターは優しい目で頷いた。

「お目覚めになられてから、彼女なりに努力を始めているようですよ」

「そうなんですか。じゃあ、お相手に振り向いてもらえるといいですね」

「大丈夫でしょう。彼女に足りないのは、ちょっとしたきっかけでしたから」

マスターの言葉からは自信を感じられた。きっと、マスターにはもう今後彼女がどうなるかわかっているのだ。

彼女が幸せになるのなら、見習いも嬉しい気がする。これもこのバーで受け取れる報酬の一つなのかもしれない、そう思った。

二杯目　ブラッディメアリーで掴む勝利

ビルの建ち並ぶオフィス街を、仙崎基成《せんざきもとなり》は足早に歩いていた。

夜だというのに、まだまだ気温は下がっていない。まとわりつくような湿気の中、僅かに冷えた夜風が少しだけ仙崎の苛立《いらだ》ちを抑えてくれる気がする。

苛立ちの原因など考えるまでもない。すべては、あの上司のせいだ。

あの上司の得意技は上へのゴマすりと、下へのパワハラだ。パワハラには、部下の功績をまるで自分の手柄のように上へ報告することも含まれている。これまでもたくさんの社員が泣かされており、辞めてしまった社員もいるほどだ。

当然ながら部署内で上司を慕っている者などいないが、彼にとっては痛くも痒《かゆ》くもないらしい。今日も今日とて、パワハラは絶好調だった。

「なんであんなヤツが、出世してんだろうな……」

大きなため息が仙崎の口から零《こぼ》れた。

無意識のうちに空を見上げるが、オフィス街からは星一つ見えない。あるのは街灯や、ビルの灯りだけだ。

実家にいた頃は気分が沈むと、視界いっぱいにひろがる満天の星を眺めて過ごしたものだ。だが、残念ながら都内ではなかなかそんな場所はない。

独りになれる場所でゆっくり飲みたい。帰宅する前にコンビニでビールでも買って帰ろう――そう仙崎が考えた時だった。

ふと、バーの看板が目に入った。

壁に打ち付けられた木製の看板には『BAR《バー》 PENGUIN《ペンギン》』と書かれている。その下にある扉はやはり木製で、どことなく重厚な造りに見えた。

初めて見るバーだ。もしかして開店したばかりなのだろうか、と周囲を見回して気がついた。よほど疲れていたのか、いつの間にか普段と違う道に入っていたらしい。

バーで飲むのは結構好きだ。これまでもふらりとひとりでバーに入ったり、後輩と歩いていた際に一緒に入ったりと、気軽に立ち寄っている。

今日はバーで飲むような気分ではなかったのに、なぜか目の前の扉から目を離せない仙崎がいた。

深い焦げ茶色の扉が、どことなく先月後輩と飲んだバーに似ているからだろうか。

ゆっくり歩みを進めると、扉の前に立て看板が置かれているのがわかった。

『現実でも夢でも立ち向かうあなたに、おすすめの一杯あります』

えらく達筆な、けれどもどこか温かみのある文字で書かれていた一文に、釘付《くぎづ》けになった。

夢でも立ち向かう——何を言っているんだとも思う。だけど、不思議とその言葉に仙崎は誘われた。

気がつけば吸い込まれるようにして扉に手をかけ、引き開けていた。

カランッと、軽快なドアベルの音が鳴った。

涼やかな空気が頬を撫《な》でると同時に、仙崎の鼻を柑橘《かんきつ》系とバニラが混じったような香りが微《かす》かに刺激する。上質なウイスキーやブランデーの残り香にも似た香りだ。

カウンターの設置された薄暗い店内は本格的なバー、いわゆるオーセンティックバーに見える。静かで上品さのある雰囲気は嫌いじゃない。

カウンター席が八席にテーブル席は二セットのみの、小規模なバーだ。テーブル席の頭上ではシーリングファンが静かに回っており、余計に涼しさを感じられる。

全体的に仙崎が好きなタイプのバーだが、何よりも目を引くのはカウンター奥に並んだ酒の種類の多さだ。これだけで、これからの一杯に期待ができる。

「いらっしゃいませ」

微かに聞こえるジャズの音に乗せて響いてきたのは、低くよく通る声だった。このバーにふさわしい渋く落ち着きのある声色に、思わず仙崎も視線を向ける。

そして、固まった。

バーカウンターの先にいるのは、どう見てもペンギンだった。

黒い蝶《ちょう》ネクタイをつけて胸を張る、白黒の存在。丸みを帯びた真っ白なお腹に、取って付けたような小さな羽。

そんなペンギンが動かないまま、焦げ茶色の円《つぶ》らで愛らしい瞳《ひとみ》をこちらへ向けている。

なんでこんなところにペンギンが。

ぬいぐるみかと一瞬思ったが、首をスッと下へ伸ばしてお辞儀をした。更には頭を戻したあとで、首をブルブルと震わせている。

次に着ぐるみの可能性を考えたが、それにしてはそこらの幼児よりも小柄だ。多分、仙崎の膝《ひざ》よりも少し高いくらいだろう。

ということは、もしかして本物なのだろうか。カウンターの中にいるということは、店のマスコットか何かなのだろうか。

確かにペンギンはかわいらしくも、圧倒的な存在感を放っている。マスコットとしては、完璧《かんぺき》だ。

そういえばここの店名はPENGUINだった。どこかにペンギンのいる居酒屋があると聞いたことがあるし、そういうことか。

「どうぞ、こちらへ」

混乱する仙崎をよそに、蝶ネクタイをつけたペンギンがカウンター席を羽で示した。心地よく響く声に誘導されるようにして、仙崎は恐る恐る指定された席に腰をかける。

近づいてみても、やはりペンギンはペンギンだ。なんの種類かはわからないが、きれいな白と黒のコントラストで、顎《あご》のあたりに一本線が入っている。細いその線は、まるで誰かが描いたかのようだ。しかしその線があるおかげで、襟付きの蝶ネクタイをしているようにも見える。

席に着く仙崎を見つめる目が、何度か瞬《まばた》きされた。目を開けているとかわいらしさの中に凜々《りり》しさも感じられるが、瞑《つむ》っていると少し面白い顔という印象を受ける。発見が多くて、なんだか目が離せなくなっていく。

「おしぼりをどうぞ」

これまでと別の、少しくぐもった声がして、仙崎は少し頭を上げた。

そして再び固まった。

おしぼりを差し出しているのは、やはりペンギンだ。

それも、今度はなぜか頭だけ。

ペンギンの頭の被《かぶ》り物を被っているのか、首の下あたりからは完全に人間だ。性別は男で間違いない。隣のペンギンと蝶ネクタイをつけているのは同じだが、こちらはスーツを着ていた。ペンギン頭さえなければ、普通のバーテンダーに見える。

正直、わけがわからない。考えれば考えるほど頭が混乱してくるが、差し出されたものを受け取らないのは失礼だ。

「どうも」

自らを落ち着かせるためにも一言礼を述べてから、おしぼりを受け取った。ペンギン頭の方は軽く頭を下げてカウンターの端へと移動する。

しっかりと冷えているおしぼりは、心地よかった。

「メニューをご覧になりますか」

降ってきたのは、あの渋い声だ。かなり近いところから声がしたのに、周囲には誰もいない。いや、丸々とした目でジッと見つめているペンギンしかいない。

「あ、いや……えっと……」

いつも仙崎はメニューを見ないで注文している。それなのに普段何を頼んでいるのか、頭からすべて抜け落ちてしまったかのようだ。

「とりあえず、生ビールを……」

ようやく出てきた注文だったが、なかなか悪くない。暑い日の生ビールは格別のはずだ。

「かしこまりました」

仙崎に頭を下げたのは、ペンギンだった。声も恐らく、多分、きっと、ペンギンからした。クチバシも動いていたし、ペンギンから声が聞こえてきた。

どうなっているんだ。

いくら名前がＰＥＮＧＵＩＮだからって、ペンギンが話すなんて。

平静を取り戻しつつあった仙崎に、再び混乱が訪れる。もしかしてすでに帰宅していて、夢でも見ているのではないだろうか。

そんな中、ペンギンは両羽を後ろへ伸ばして勢いよく飛び降り、カウンターの中に姿を消した。

やはりただのペンギンだったのかと思う仙崎の視界の右端で、今度はペンギンが空中に飛び上がった。クチバシと足を前に突き出し、体をコの字に丸めている。そしてピタリと足をついてビールサーバー前の台の上へと着地した。軽く壁に羽をついてしまったのは、ご愛嬌《あいきょう》だろう。

まるでいつかテレビで見たような、氷山に向かって海中から飛び上がるペンギンの姿そのものだった。間近で見られて少し感動すら覚える。

まずは一仕事終えたとばかりに、ペンギンは全身を震わせた。最後に尻尾《しっぽ》がブルブルッと震える姿は、なんだかとてもかわいい。

どちらかというと動物は好きだ。家を出るまで、実家の犬の散歩は仙崎の仕事だった。とはいえ特段ペンギンが好きなわけでもないのだが、ついつい見入ってしまう。

ペンギンの体って、意外に艶《つや》やかなんだな。それによく伸びたり縮んだり、割と自由自在だ。

種類によって違うのかもしれないが、クチバシは黄色じゃなくて黒いというのも、仙崎にとっては発見だった。

「嘘だろ……」

観察しているうちに、思わず仙崎は声を漏らした。ペンギンがいつの間にか手にしていたビアーグラスを近づけ、慣れた手つきでビールを注いでいるからだ。指もないあの羽でしっかりとグラスを持ち、レバーを操作している姿に驚きを隠せない。

ビールと泡が七対三ほどの割合で注がれたグラスを、ペンギンはそっと足元に置いた。そして台から飛び降りたあと、ビアーグラスがゆっくりカウンターの中へと消えていく。

少し間を空けてからコトッと音がして、ペンギンが突然下から横向きに飛び出てきた。仙崎の前で華麗に着地、と思ったら勢い余って転んだ。白いお腹が台について、ぽよんと跳ねた気がする。

あのお腹って柔らかいんだろうか。ちょっと、触ってみたくなってくる。

何事もなかったかのように立ち上がったあとで、なぜかクイッと首を上げる。両羽を首元に持ってくると、少し曲がっていた蝶ネクタイを丁寧に直した。

「お待たせいたしました」

ペンギンが下から取り出したグラスをそっとカウンターへ置いた。琥珀色《こはくいろ》の液体と真っ白な泡のコントラストが、ペンダントライトの灯りで美しく浮かび上がる。こじゃれたグラスの形もあってか、堂々とした佇《たたず》まいに見えた。

「え、あ、どうも？」

戸惑いながらも反射的に返して、仙崎は引き寄せられるようにビアーグラスを口に運んだ。

爽《さわ》やかなホップ香が鼻をくすぐる中、ビールを飲み込む。

驚くほどクリーミーでコシのある泡の口当たりは最高だった。口の中に広がったビールは余計な苦みも雑味も取り払われ、コクと甘みが際立っている。後味はスッキリしているのに、鼻に抜けていく香りが余韻を生んでいく。炭酸が喉《のど》をグッと抜けるのど越しのよさは、言うまでもない。店内に入ってからだいぶ体は冷えたが、芯《しん》からさらに涼しくなっていくような気がする。

これは市販もされている、日本のビールのはずだ。しかし家や居酒屋で飲むのとはまるで味が違う。

理由はもうわかっている。自分の家で何度試しても出せなかった濃厚できめ細かな泡だ。この泡があるおかげで口当たりがまろやかになるのだ。

ペンギンが話し、ペンギンがビールを入れるなんてどう考えても普通ではない。けど、疲れている頭でこれ以上考えても無駄だ。きっと疲れか暑さで、幻覚に近い何かでも見ているのだろう。もしくはこれは夢の中だ。そうとしか考えられない。

「……美味《うま》い」

自然と漏れた言葉に、ペンギンが嬉《うれ》しそうに目を細めた。やっぱり目を閉じている姿は少し間抜け面だが、柔らかな表情には心が和んだ。ペンギンの表情なんてわからないけど、とりあえず仙崎には嬉しそうに見えた。

「恐れ入ります」

相変わらず落ち着いた声だが、先ほどまでよりもわずかに弾みがある。

「こちら、チャームになります」

マスターによって差し出されたのは、ちょっとした小皿だ。

バーではチャージ料がかかることが多く、その代わりチャームとして一品が出されることもある。つまり、お通しだ。ナッツやクラッカー、チーズなどが多いが、今仙崎の前にあるのはあまり経験のないものだった。

「これって……」

「はい、フィッシュアンドチップスになります」

確かに深さのある小皿には、魚のフライとポテトフライが山盛りにのっている。チャームとしての域を超えている気がするが、ビールにとても合う予感しかしない。

「いただきます」

匂いと見た目にそそられて、涎《よだれ》が口の中に分泌されていく。

ポテトを一つ掴《つか》むと、まだ熱いくらいだ。それを口の中へ放《ほう》り込む。程よい塩気と周りのカリッと感に、中のしっとり感がちょうどいい。

塩気をビールで流し込むと、何とも言えない達成感を覚えた。

続いて魚のフライを口に運ぶ。

そこで、仙崎の時が一瞬だけ止まった。

なんだろう、このフライは。

外はサクッとしているのに、衣の内側と魚はふんわりとしている。濃厚さも感じられるのは、衣にしっかり味がついているからだろうか。しかし白身魚の淡白さや、その中にある旨《うま》みも失われていない。

正直こんなに美味《おい》しい魚のフライを食べたのは初めてだ。

半ば夢中になってビールとフィッシュアンドチップスを楽しんでから、仙崎はようやく大きく息を吐いた。ここへ入ってからの異様さに知らず知らずのうちに圧倒され、体は強《こわ》張《ば》っていたようだ。

カウンター内のペンギンは、先ほど使用したビールサーバーを丁寧に拭《ふ》いている。ペンギン頭を被った人間は、端の方でグラスを磨き上げるように拭いていた。

そろそろ次の何かを頼もうかと思ったところで、ペンギンと目が合った。多分だけど、目が合ったと思う。その証拠に、何も言っていないのに彼は小さく頷《うなず》いた。クチバシが僅《わず》かに上下され、丸い瞳《ひとみ》が少し細められた。

すぐさま台の上から飛び降り、仙崎の前へと飛び上がってくる。今度こそ着地成功か、と思ったが、やっぱりお腹を下にして転んだ。もはやこれは、様式美な気がしてくる。

そして一度クチバシを上に向けてから、両羽で蝶《ちょう》ネクタイを整えた。どうやら飛び乗る衝撃で、毎度蝶ネクタイが曲がってしまうようだ。

ペンギンなのに、身だしなみにはかなり気を遣っているらしい。そう考えると、なんだか笑い出しそうになってしまう。

それにしても、あの蝶ネクタイはどうやってペンギンの体にくっついているんだろうか。

「いかがいたしましょう」

ジッと見つめる仙崎に、ペンギンが上品な口調で尋ねてくる。先ほどまでとのギャップに再び笑いそうになってしまうが、堪《こら》えた。

「ジントニック、お願いします」

「かしこまりました」

また飛び降りて行くのかと思ったら、違った。

仙崎に背を向けると、カウンターの奥にたくさん並べられた酒瓶へ向かって歩いて行く。

ペンギンらしく両羽を左右に広げてよちよちと足を運ぶ度、尻尾が揺れた。どうやら、この辺りの台は奥にも延びているらしい。

左右に重心を移動させながら懸命に歩く姿は、一歳を過ぎたばかりの甥《おい》っ子を思い出させる。庇護《ひご》欲を掻《か》き立てられるというか、とにかく見ていて和む動きだ。

しかしあの羽で、しかもあの歩き方で酒瓶を持ってこられると、落とすのではないかと一抹の不安を覚える。そんな仙崎の心配をよそに、ペンギンは手にした青いジンの瓶をカウンターに置いた。

続いてカウンターの下から、タンブラーという種類の円柱型グラスを取り出した。その中にはすでに大きめの氷が入っている。

あの氷、まさかペンギンが砕いたのだろうか。その時に使ったのは、アイスピックかクチバシか、気になってくる。

妄想する仙崎の前で、グラスに透明なジンが注がれていく。次にトニックウォーターが注がれると、炭酸が弾《はじ》けてわずかに柑橘《かんきつ》系の香りが漂ってきた。

長いバースプーンと呼ばれるものを使い、ペンギンが慣れた手つきで軽くステア、つまりかき混ぜていく。指もない羽でどうやってバースプーンを持っているのか本当に気になって仕方がない。

仕上げとばかりにライムをグラスのふちに差し、マドラーを添えてから、仙崎の前にグラスを置いた。

「お待たせいたしました」

ペンギンとは思えぬほど無駄のない、流れるような作業だった。

世界中どこでも定番と言われるジントニックは、実は店の味が出やすいのだと聞いたことがある。この店の味がどのようなものか想像できないが、ビールのあの味を知った今では期待しかない。泡が無数に上がってくる透明の液体が、灯りに照らされて輝いている。なぜか、少年の頃に炭酸を目の前にした時のような胸の高鳴りを感じられた。少し気持ちを抑えながら、仙崎はグラスを口に運ぶ。

一口飲んで、他で飲むものとの違いはすぐにわかった。柑橘系の爽やかな香りに、なにかハーブの香りが混じり合っている。苦みと甘みが絶妙に調和している中、最後にライムの香りが鼻から抜けていった。

もともとジントニックはすっきりとして口当たりもよく、飽きの来ない味だ。だが、このものは後味や香りがどこか癖になる。もしかして何かハーブのエキスでも足しているのかもしれない。

残っていたポテトの塩気ともよく合った。

ビールも疲れた体に染みわたっていったが、これはまた格別だ。

思わず大きな息が口から零《こぼ》れる。

これまで訪れたバーでも十分美味しいと思っていたし、今でもそう思う。だけどこのバーは飛びぬけて上質な気がする。

後輩にも、飲ませてやりたい。

きっとアイツも控え目な笑みを浮かべて、美味しいと言ってくれるだろう。

そう思った途端、グラスを持つ仙崎の手に力が入った。潤されたはずの喉が、急に渇いてくる。

「おいおい。そんなにがぶ飲みしたら、酒がもったいないぜ」

渇きから逃れるようにジントニックを呷《あお》る仙崎の横で、そんな声がした。

無意識に横を見ると、いつの間にか一席空けた横に他の客が座っている。なぜ今まで気づかなかったのだろう、と考えてしまうほど、その客の風貌《ふうぼう》は目立っていた。

大柄で厳《いか》つい男というだけでも目立つのに、金髪とも、茶髪とも思えるような髪色。しかも髪は細かくカールしており、言ってしまえばアフロのように広がっている。年齢不詳だが、仙崎とそう年は変わらないのかもしれない。

「あ、すみません……」

思わず謝ってしまったのは、男の風貌に気圧《けお》されたわけではない。こんなに美味しいものをがぶ飲みするのは、確かにもったいない。

「なんだ、あんちゃん。何か悩みでもあんのか？」

ロックグラスを傾けながら、男はこちらへ視線を向けた。金色に光る眼は鋭いが、威圧感はない。

よく見れば男の更に奥に、女性客も腰をかけていた。背中まで伸びた艶《つや》やかな髪は、見たことのないようなグレーだった。だが、それが彼女によく似合っている。

どうやらこのバーには今、仙崎以外に二人の客がいるらしい。

「悩みというか、ちょっと職場で嫌になることがあるんですよ」

普段の仙崎なら、見ず知らずの相手にこんなことは言わない。言葉を選んで適当に流すのは、得意なのだ。

「ここで会ったのも何かの縁だ。少し吐き出しちまったらどうだ。なあ、マスター」

マスター？　マスターって誰だ？　あの被り物人間か？

仙崎が戸惑う前で、ペンギンが深々と頷いた。

ということは、本当にこのペンギンがマスターなのだろうか。

え、マジか。

「そうですね。バーでの会話は外に持ち出さない、という言葉もあるくらいです。そうでなくても本日のお客様は皆口が堅いので、ご安心ください。もしお客様さえよろしければ、少しお話しになってみてはいかがでしょうか」

圧倒されるほどのよい声が、混乱する仙崎の頭に、全身に響く。

ペンギンがマスターなど、あり得ない。今も冷静な心で考えればそう思う。だけど、素晴らしいビールの注ぎ方ができて、最高のジントニックを作れるペンギンだ。彼がマスターでもいいではないか。せっかくこんな上質なバーにいるのだ、そう考えた方がより一層この場を楽しめるような気がする。

「俺はレオって呼ばれている。あんちゃんは？」

レオが本名かどうかはわからないが、なんだかとても男には似合っている。

「あ、仙崎って言います」

名刺を出そうとしたところで、レオが止めるように手を伸ばしてくる。

「そういう野暮なことはやめとこうぜ。ここはバーだ、一期一会でいいじゃねえか。肩書なしに、気楽に話してみろって」

気づけば客の二人と店員の二人――人と数えるべきか悩むが、この際もういいだろう――全部で四人の視線が仙崎へと集まった。

まるで心配してくれているみたいに、柔らかい視線だ。ペンギンとペンギンの被り物を被っている店員がいるおかしなバーなのに、なんだか胸の辺りがじんわりと温かくなってくる。

そもそも、なぜペンギンの視線が優しいなんて思えるのだろう。だけど不思議とそう感じられるのだ。

「それじゃあ……お言葉に甘えて」

幸いにして深刻に悩むことがなかったせいで、誰かに相談したことなんて、これまでなかった。

だが、酒の力と皆の温かな視線に、仙崎の舌は滑らかに動き出していた。

「どこにでもいるんだろうけど、部署の上司がパワハラ上司なんです。小さいミスを見つけては部下に怒鳴り散らして、それこそ標的に対してはミスをでっち上げてでも怒鳴り散らす。完全な言いがかりなのに、口を挟むと説教が伸びるからみんな黙るんです」

静かな店内で、誰もが仙崎の言葉に耳を傾けてくれている。

そのせいか、仙崎の口は止まることを忘れたみたいだ。

「他にも部下が大きな商談を成功させたり、よい企画を上げたりすれば、上手《うま》いこと周囲に手をまわして自分の手柄にする。そういう工作は驚くほど巧妙で、更に業界に顔が利くのもあって、上に指摘しても取り合ってもらえないんです」

「そりゃ、ひでえな」

レオが呟《つぶや》くように相槌《あいづち》を打ってくれる。

マスターは静かに頷《うなず》いて待っていてくれる。

それが、とても心地よかった。

「正直、それでも俺はなんだかんだ、上手くかわせている方です。契約を取ったらまずその上司よりも上に話をしたり、取引先の上の人と話し込んだりして絶対に横取りさせないし、怒鳴られても気を逸《そ》らして逃げるのも得意です」

そう。仙崎は部署内で一番、上司の扱いが上手い。

配属されたばかりのころは横取りもされたが、それも二回くらいなものだ。すぐに先手を打つことを覚え、回避している。

いくら怒鳴られても気にならない性格な上、さりげなく上司の「褒めて欲しいポイント」を刺激して話を終わらせるのも得意だ。

今後何かあっても、パワハラの証拠などもしっかりと保存してある。面と向かって戦う気はないが、仙崎にとって割り切りながらも平常心を保てるお守りにはなってくれていた。

「けど、誰もが俺みたいにはできないっていう当たり前のことに、しばらくして気づいたんです……暴言を吐かれたらそのままに、いや、それ以上を受け取ってしまうヤツがいるんです。ソイツは真面目で、本当に真面目で、周りのこともちゃんと見ているようなヤツなんですよ。だけどどこか不器用で……」

喉《のど》がカラカラに渇く。

後輩のことを考えると、最近いつもこうだ。

上司に対する怒りなのか、自分に対する怒りなのか、もうわからない。

正直に言えば、初めはその後輩のことが少し苦手だった。

出会いは数年前、二つ下の後輩が入社した際に教育係に任命されたことに遡《さかのぼ》る。新人研修を終えてすぐの人間に仕事を教えるのは、それほど容易なことではない。初めのうちは右も左もわからなくて当然だからだ。

そういう意味では、どちらかというと後輩は優秀な方だった。きっちりとメモをし、更にそれを自宅で整理しているらしく、一度教えたことの呑《の》み込みはかなり早い。その上で応用もきかせられるので、手のかからない後輩だ。

しかし、真面目すぎて融通がきかなかったり、冗談が通じなかったりすることも多々あった。

たとえば冗談で「このデータを今日中にまとめて」とあり得ないほど膨大な量を渡したところ、取り掛かろうとされた。慌てて冗談だと種明かしをして本来の仕事を渡したが、あれは止めなければ何時までかかっても終えようとしただろう。

軽いノリで生きてきた仙崎にとって、ある意味初めて相手にする人種で戸惑った。しかし、そんな不器用な部分も、慣れてくれれば面白い個性だと思えるようになってくる。

何せ後輩は人の悪口を言ったりしない、真っ直ぐなヤツだ。

しかし素直で真面目なヤツだからこそ、パワハラ上司の矛先が向いてしまった。更に後輩は他の社員がパワハラ被害に遭っている時に限って、上司の傍へいくのだ。自ら厄災を被《かぶ》りに行って、他の社員の被害を和らげようとしているのは、仙崎にもすぐにわかった。

とはいえ後輩も受け流しているのだろうと思っていた、ある日のことだ。その上司から、とある企画を丸投げされた。

穴だらけのその企画は、上司が半ば無理やり会議で通したものだ。コンセプトなどはもっともらしいもので固められているが、中身がない。期日も迫り、手詰まりになっていると容易に推測できた。

それを、仙崎が引き継げと指示された。補佐としてプロジェクトに加えられたのは、あの後輩だけ。人手不足だからと言われたが、そうではないことを仙崎は理解していた。

つまり、嫌がらせだ。企画が成功したら上司の手柄、失敗すれば仙崎の責任、そういうことにしたいのだろう。後輩のことも貶《おとし》めたいのかもしれないが、狙いが仙崎なのは明白だった。

とにもかくにも、仙崎は後輩と必死で取り組んだ。

最初の壁は取引先だった。後輩と共に何度も足を運んでも、非協力的で話が進まない。

窓口になっている担当者が奥歯に物が挟まったような物言いしかしなかったことから、先方の上司である矢野《やの》さんが絡んでいるとピンときた。

何とか矢野さんと直接のアポイントを取り、協力を仰ぎに行った。どれほど下手に出ても構わない。とにかく企画を成功させたい、その一心だった。

だが、仙崎がいくら話しても取り付く島なし。遠回しどころか、直接的に帰れとまで言われた。

企画を立てた上司が投げ出したせいか、それとも上司が仙崎について何かを吹き込んでいたのか、矢野さんの態度は頑《かたく》なだった。

あきらめるしかないのか、と半ば絶望していた三度目の訪問時だった。

「その湯飲み……」

そろそろ時間切れになるかと思われた頃、後輩が唐突に口にした。矢野さんが使用している湯飲みが気になったようだ。言われてみれば、三度とも矢野さんは同じ湯飲みを使っている。

黙ったまま、少しだけ矢野さんが背けていた顔をこちらに向けた。どうやら後輩の言葉の続きが気になって仕方がないようだ。

「もしかして、湯浅《ゆあさ》先生の作品ではないですか？　それも、結構初期のものですよね」

湯浅先生？　と仙崎が脳内で首を傾げる中、矢野さんが驚いたように目を見開いた。

「へえ、よくわかったね。そうだよ、これは湯浅先生に作っていただいたものだ」

矢野さんの纏《まと》う空気が一瞬で変わった。

思わず湯飲みに注目してみる。光の加減なのか黄土色から緑色へと変わっていくようなグラデーションがあり、落ち着いた色合いだがどこか華やかさを感じられた。だが器に詳しくない仙崎からすると、普通にどこかで買えるのではと思えるような湯飲みだ。

「やはり、そうでしたか。実は私の亡くなった祖父と湯浅先生が古い友人で、昔からよく工房には遊びに行っていたんです」

「ええ！　先生の工房に！　それはすごい！」

これまでとはまるで違い、目を輝かせて矢野さんは後輩を見ていた。

どうやら矢野さんと後輩の地元は相当近所で、そこでは湯浅先生はとても有名なのだそうだ。そして矢野さんはかなり湯浅先生の作品を気に入っており、自宅の器はほとんど彼の作品なのだと嬉々《きき》として語った。

同郷である以上に、好きな陶芸家と知り合いというのは大きかったらしい。矢野さんはこれまでの非礼と、上司から色々と聞かされて偏見を持っていたことを詫《わ》びてくれた。

それからは、とても頼もしい味方になった。

おかげで企画は大成功し、矢野さんの話もあって社内でもしっかり仙崎と後輩の手柄として取り上げてもらえた。

だが、ある意味これがよくなかった。

当然、上司は面白く思うはずがない。ただでさえ後輩には当たりがきつかったのに、更に悪化していった。

だから仙崎は、とにかく後輩を助けなければ、と思ったのだ。

「……俺もソイツを見習って、周囲にも目を配るようになりました。そうしたら、わかったんですよ。ソイツが……後輩がどれほど上司からパワハラを受けているか。俺も、積極的に助け船を出すようにしたんです。そうしたら、パワハラ現場を見ることは段々と少なくなってきて……」

安心しきっていた。

見える範囲では平穏だったから、後輩を守ることができたのだと驕《おご》っていた。

「でも……違ったんです」

カウンターの上で、戒めるように拳《こぶし》をギュッと握りしめる。

「上司は俺に邪魔されないよう、人目に付かないように、もっと狡猾《こうかつ》にパワハラをしていただけなんです。些細（さざい）なミスを指摘する際に人格否定したり、無茶な量の仕事を押しつけたり……アイツが顔に出さなくて、弱音も吐かないから、俺はずっとわからなかった……」

助けた気になって、裏で行われていたことに何も気づけなかった。

なにが「最近どうだ。何かあったら言えよ」だ。後輩の些細な表情の変化を見逃していたくせに。自分は、ただの役立たずだった。

「なるほど……それは、お辛《つら》いですね」

仙崎の前でずっと黙っていたマスターが、深々と頷《うなず》いた。

「いや、辛いのは俺じゃなくて……」

否定しながらも、なぜだかこみ上げてくるものがある。

余計なお世話しかしていない自分が、辛いと感じるなんておかしいと思っていた。だけどずっと心に澱《おり》がたまっていたのかもしれない。

「確かに後輩さんもお辛いと思いますが、仙崎様も十分に傷ついているはずです」

「でも……」

「そうだな。誰かの怒鳴り声なんて聞きてえもんじゃねえし、知らねえところで後輩が傷ついていると知ったら、そりゃショックだろうよ」

マスターの言葉に反応しようとする仙崎に、レオの声が被さった。

「そう、ですかね……」

自分はショックを受けているのだろうか。

考えたこともない指摘に、仙崎は何も答えられなくなった。

「見習い君は、どう思いますか？」

しばらくの沈黙のあとで、ペンギンマスターが被り物男に向かって声をかける。

被り物男、もとい見習い君は、当惑したように視線を泳がせた。被り物の上からで確かではないが、多分泳がせている。

「え、えっと……」

言葉を詰まらせる見習い君へ、マスターだけでなくレオも、そして女性客も優しい眼差《まなざ》しを向けていた。

「あの……仙崎様のような先輩がいてくれて、後輩さんは、その……救われていると思います」

閊《つか》えながらも紡がれた見習い君の言葉は、ありきたりとも言える感想だ。それでも、なぜか彼の心からの言葉に感じられた。

満足気にマスターは頷くと、仙崎へと向き直った。

「そうですね。一番辛いのは、周りが自分のことを気にかけてくれないこと、ではないでしょうか。孤独は時に苦痛を増幅させるものです。私にも、覚えがあります」

そこで区切ると、マスターは何かを思い出すようにそっと宙へ視線を向けた。

「まだ私が若鳥だった頃、氷上を仲間と移動していました。列の一番後ろだった私は、氷が薄い場所に気づかずに歩き、海中へと落ちてしまったのです。もちろん泳げばよいだけなのですが、突然落ちたことによる混乱で、自分の体が沈んでいくように感じました。どこまでも深く、そして暗い海。さらに周囲に仲間は誰も見当たらないとなれば、次第に心が孤独に侵食されていきました」

ペンギンが海に沈む様子はとても想像できないが、その景色はなんだかわかるような気がする。

「そんな時です。私が落ちた氷の穴から、誰かがのぞき込んでいるではないですか。そして名前を呼んでくれていたのです。それで我に返り、海面に向かって泳ぐことができました。集団からはぐれた私を気にかけてくれた存在に、私は救われたのです」

マスターはなぜか誇らしげに、白い胸を叩《たた》いた。

「ですから後輩さんも、仙崎様が気にかけてくださったことは、きっと救いになっていたはずです。暗闇に迷い込んでしまっても、誰かが探してくれるという事実だけで、心強さがあります。それだけで、自分の心の本来の在り処《か》がわかることもあるのではないでしょうか」

自分はペンギンでもないし海で沈んだこともないので、正直よくわからない部分もある。しかし、マスターが言わんとしていることは伝わってきた。

ずっと誰かに、こう言って欲しかったのかもしれない。

マスターと見習い、二人の言葉は仙崎の心に柔らかく沁《し》み込んでくる。

「なら、いいんですけどね……」

嬉《うれ》しく思う反面、やはり鵜《う》呑《の》みにするわけにはいかないとも思う。

心の内を吐露して、少し気が楽になったのは確かだ。でも、せっかく貰《もら》った言葉を素直に受け取れなくて、申し訳ない気持ちにもなった。

だからあとは言葉を濁し、ジントニックを飲み干してから仙崎は会計を済ませた。

「またのご来店をお待ちしておりますね、仙崎様」

扉を開く前に、マスターのよい声が聞こえた。

振り返り会釈をしようとして、仙崎は思わず固まってしまう。

二人いた客が、オスライオンとイルカに見えるのだ。

慌てて目を擦《こす》ってみるが、やはりカウンター席に座っているのはオスライオンとイルカだ。それも、服を着ている。

どうやら、二杯しか飲んでいないのに深酔いしてしまったようだ。

そう結論付けて、仙崎は軽く頭を下げてからバーをあとにした。


翌朝の目覚めは悪くなかった。

酒は全く残っておらず、頭はすっきりとしたものだ。

だからいつも通り、社内で上司をやり過ごせると気楽に考えようとした。

実際、昼休みが終わるまでは平和そのものだった。部署内は皆が活発に仕事に取り組み、忙しくもそこそこ良い空気が流れていたのだ。

それが一転したのは、重役出勤をしてきた上司が現れてからだ。

「最近、社内の空気がすがすがしいよなあ。ああ、あの辛気臭いのがいないからか」

ニヤニヤと品のない笑みを浮かべながら、上司が大声で言った。

さも愉快そうに、さも誇らしげに。

「やっぱ、ああいうダメなヤツが一人いるだけで、周りも引きずられるよな。なあ、お前もそう思うだろ」

「ま、まあ……」

「だからしつけてやったのによお。とんだ軟弱野郎だよなあ」

話を振られた女性社員は、曖昧《あいまい》に笑ってやり過ごす。

彼女は悪くない。こういう時は刺激しないよう、何も言わない方がいい。

だから自分も聞き流せばいい。

ギュッと拳《こぶし》を握って、やり過ごせばいいのだ。

「このままもう、来なくていいよな。いっそのこと、死んじま……」

気がついたら、勢いよく立ち上がっていた。

大きな音が部署内に響き、皆の視線が一斉に仙崎へと集中した。

驚いたように目を丸くさせた上司もこちらを見ていたが、次第に自分への批判と受け取ったようだ。頬と、広くなった額を徐々に赤くさせていく。

周囲も不安そうな表情を浮かべ出した。

今から始まるであろう修羅場を期待している顔は、一つもない。

誰もが怯《おび》えたような、堪《こら》えるような、萎縮《いしゆく》したような、そんな顔をしている。

ここで仙崎が戦っても、味方はいないのだとわかってしまった。

いや、味方が欲しいのではない。ただ後輩のことをこれ以上悪く言われるのに我慢ならなかっただけだ。

だが周囲を見ていたら、それが本当に正しいことなのかわからなくなってくる。

上司が仙崎に向かって口を開こうとした、その時だ。

「やべ、腹が……」

口から滑り出た言葉で、仙崎は自分に失望した。

自分はこの場の空気に負けたのだ。後輩を助けてやりたいと思っていても、所詮《しょせん》は日和見《ひよりみ》なのだと痛感してしまった。

しかし、ホッとしたような空気が部署内に流れたのも確かだ。ただでさえ上司の怒鳴り声が頻繁に響く部署で、これ以上のものなど見たくないのだろう。

面食らったような顔の上司の横を足早にすり抜けて、仙崎はトイレへ駆け込んだ。

洗面台で、顔を洗う。

冷たい水が少しは気分をましにしてくれるかと思ったが、何も変わらない。

それでも必死に自分を落ち着かせ、午後の業務をこなすためにデスクへ戻ったのだった。

仕事を終えて、仙崎は一目散に職場を飛び出した。

途端、外気の暑さで汗が噴き出してくる。だが不快なのは湿気や気温のせいだけではない。

とにかく酒が飲みたくなった。だけど今日は独りきりで飲むのはまずい。きっとろくなことにはならない。

誰かのいる場所、だけども静かな場所がいい。

自然と昨日のバーに足が向いた。

星の見えない夜空の下を歩き路地に入ると、BAR　PENGUINの看板を無事見つけられた。ペンギンのマスターがいるバーなんて夢ではないか、と思う気持ちもあったが、ちゃんと現実だったようだ。

安堵《あんど》しながら、木製の扉を開けた。

カランッとドアベルが鳴る。まだ何度も聞いていない音なのに、なぜだか懐かしさすら感じられた。

「いらっしゃいませ、仙崎様」

涼やかな風とともに、マスターのよい声が心地よく響いてきた。カウンター内に佇《たたず》んで頭を下げたマスターは、今日もやっぱりペンギンだ。カウンターの奥では、見習い君がやっぱりペンギン頭を被《かぶ》ったままグラスを拭《ふ》いている。

軽く会釈をして案内された通りの席に座ろうとしたところで、仙崎は足を止める。

「おう、仙崎のあんちゃん。また会ったな」

声からして、昨晩もいた男の客、レオだ。

だがどう見てもオスライオンだ。

軽く目を擦ってみるが、やはり変わらない。

立派なタテガミを持ち、ふさふさとした毛並みに金色の瞳《ひとみ》。仙崎も知っている一般的なオスライオンの姿だ。

しかし昨晩同様、仙崎と同じようにスーツを着てしっかりカウンター席に座っている。捲《まく》られた袖《そで》からは、毛皮に覆われた太い腕が伸びていた。

「あ、レオさんどうも」

マスターはペンギンだし、見習いだって変なペンギンの被り物を被っている、普通ではない空間だ。その上にライオンまでいるが、疲弊した頭ではもう処理しきれそうにない。

戸惑っているうちにライオンに手招きされてしまったので、思わず隣に座ってしまった。

「なんだ。ずいぶんと顔色が悪いな、あんちゃん」

「ちょっと、職場で色々ありまして……」

「よし、俺が一杯おごってやる。マスター、あんちゃんにさっぱりしたなんか出してやってくれ」

「え、いや……」

断ろうと思ったが、金色の瞳で見つめられるとそれ以上言えなくなった。有無を言わせない迫力があるのは、ライオンだからだろうか。

カウンター内のペンギンマスターは、ライオンと仙崎を交互に見てから静かに頷いた。

「かしこまりました。それでは、モヒートなどいかがでしょう」

「おお、いいな。外も暑いしぴったりだ。頼むぜ」

「じゃあ……お願いします」

モヒートといえばミントの葉とライムを潰《つぶ》し、そこにラムと炭酸水を注ぐカクテルだ。爽《さわ》やかなカクテルなので、確かに暑い今日や今の気分には合うかもしれない。

次々とマスターがカウンター上に材料を準備していく。

まずはタンブラー、それから皿にのったスペアミントの葉。同じく皿にのったライムにオレンジ。

「オレンジ？」

思わず口に出すと、マスターが穏やかな笑みを浮かべた。多分。

「はい。通常のモヒートでは使いませんが、本日の仙崎様はひどくお疲れのようですのでオレンジを加えたレシピで作らせていただきます。オレンジには様々な効能がありますが、精神疲労を緩和する、抗ストレス作用があるとも言われているのです」

説明してからマスターは酒瓶を取りに行く。昨晩と同じように尻尾《しっぽ》を大きく振りながら歩く姿に、和まされる。

抱えていたホワイトラムの透明な瓶をカウンターに置いてから、今から一仕事始めるとばかりに首を左右に震わせた。

まずは手にしたペストルと呼ばれる摺《す》りこぎを使い、タンブラーに入れたオレンジなどを潰していく。その動作は手慣れているが、ペンギンの羽でどうやっているのか相変わらずよくわからない。

一度手を止めたマスターはそこへ氷を入れ、透明なホワイトラムを注いでから軽くバースプーンでステアする。タンブラーの中で緑とオレンジがくるくる回る様は、なぜだか心を落ち着かせてくれる気がした。

「お待たせいたしました。オレンジモヒートになります」

炭酸水を注ぎ、最後にふちへオレンジを飾り付けたタンブラーが、仙崎の前へと運ばれた。

透明な液体の中でオレンジとライム、そしてミントの葉がまるで煌《きら》めいているように見える。気泡が弾《はじ》けて、柑橘《かんきつ》系の爽やかな香りが仙崎の鼻先に届いた。

「それじゃ、いただきます」

「おう、飲め飲め」

満面の笑みのレオの横で、仙崎はタンブラーに口を付けた。

まずオレンジとライムの味が口内に広がっていく。お互いが喧嘩《けんか》することなく、うまく調和されていた。それから、ミントの清涼感が鼻を抜け、舌に心地よい甘さが残る。コクも感じられるので、もしかして黒糖が使われているのかもしれない。

ホワイトラムの癖のない香りと確かなアルコール度が、爽やかながら飲みごたえを味わわせてくれた。

「美味《うま》い……」

「恐れ入ります」

実際に抗ストレス作用があるのかはわからなかったが、すっきりとした味わいは間違いなく気持ちを穏やかにさせてくれる。

「こちら、チャームになります」

「ありがとうございます」

今回出されたチャームは、白身魚のカルパッチョだった。一つ一つ魚が丸められ、楊枝《ようじ》で刺してあるため食べやすい。あっさりしているのに旨《うま》みがあり、最後にやってくる胡椒《こしょう》の刺激が心地よかった。何より、モヒートともよく合う。

半分ほど飲んでからそっと息を吐くと、先ほどまでとはまるで気分が変わっていることに気づいた。

「お、少しはマシな顔色になったな」

「ありがとうございます。この一杯のおかげです」

「いいってことよ」

深々と頭を下げる仙崎の肩を、レオが力強く叩《たた》いてくる。ちょっと痛いが爪は引っ込んでいるし、何より悪い気はしない。

「あんちゃん、昨日に引き続き来たってことは、ここを気に入ったんだろ？　それなら俺らはもう同志だからな」

レオは鼻息を荒くして、今度は誇らしげに自分の胸を叩いた。

「だからよ、落ち着いたらまた話してみたらどうだ。なあ、マスター」

大きな体に、太い手足。立派なタテガミに、野太い声。

そんなライオンなのに、その言葉はとても優しい。

「ええ。仙崎様さえよろしければ、いくらでもお話しになってください。バーとは、そういう場所なのですから」

マスターの声もまた、穏やかだ。

ペンギンとライオンに囲まれるという、あり得ない状況下なのに、胸に何かがこみ上げてくる。

グッとオレンジモヒートを飲み干して、仙崎はゆっくりタンブラーを置いた。

「実は後輩、今入院しているんです。それを知った上で、今日上司が後輩のことをまた悪く言っていて……もう少しで『死んでしまえ』とまで口にされそうだったから、我慢ならなくなったんです」

途中で遮ったが、あれは絶対にそう言いかけていたはずだ。

許せなかった。

後輩は確かに不器用な面もあるが、いつだって一生懸命なヤツだ。自分のためでなく、人のために一生懸命になれる熱さを持っている。

「だから俺、抗議するつもりで立ち上がって……なのに、周囲の空気に怖気《おじけ》づいて、結局その場をごまかすしかできなかったんです……」

本当に、自分が情けなかった。

後輩が自分の立場なら、もしかしてあの場できちんと言葉にできたのではないだろうか。

「どうしておかしいことをおかしい、間違っていることを間違っていると言うだけなのに、できないんでしょうね。自分は間違っていないと今でも信じられるのに、それに伴った行動ができないなんて……俺は、どうしたらいいんだ」

仙崎の悲痛な声のあと、店内が静まり返った。

ライオンはジッと仙崎を見つめたまま、何かを考えているようだ。

しばらくしてその沈黙を破ったのは、作業を始めたマスターだった。

「仙崎様は、どうされたいのですか？」

「……え？」

訊《き》かれて、仙崎は思わず眉《まゆ》をひそめた。

どうしたいかなんて、もう口にしたはずだ。

だけどそれができないから、どうしたらいいのかと思っているわけで。

そんな仙崎の心を読んだかのように、マスターは柔らかく目を細めた。

「個人的な考えで恐縮ですが、私は、できるできないで判断するべきではないと常々考えております。それだけでは時に、本来ならできることをできないと見誤ることもあるからです。ですから自分はどうしたいのか、自分が何を望んでいるのか、それで判断した方がよりよい結果に近づくと、私は思うのです」

「そりゃ、そうできたら……どんなにいいか……」

だが、やりたいように行動ばかりしていては、世の中には混乱が生じる。社会というのは、自分の望みを簡単に通せるような場所ではない。

「それでは仙崎様が今望まれているのは、どのようなことでしょうか。変化を望まれているのですか？　それとも、現状維持を望まれているのですか？」

「俺は……」

これまでだって、状況を変えようと自分なりにはやってきたつもりだ。だけど『つもり』では、助けられなかった。

「仙崎様には、守りたいものがあるのですよね？　それを守るためにはどうされたいのか、もう、答えが出ているのではありませんか？」

守りたいもの。

そうだ。自分が守りたいと思ったのは、自分の身の安全ではなかったはずだ。

それを本当に守りたいと思うのであれば、戦うべきなのではないだろうか。

「いいか、仙崎のあんちゃん。生き抜いていくってことは、つまり戦いなんだよ。時には立ち向かっていく必要があるんだ」

これまでずっと黙っていたレオが、ロックグラスを掲げながら口角を上げた。

「そうですね。レオ様は果敢に挑まれましたからね。それからはまるでライオンが変わったように……」

「いいじゃねえか、その話は」

マスターの言葉に、レオはどこかごまかすように酒を飲んだ。

「挑んだって、どんなことにですか？」

彼の話を、できれば詳しく聞きたいと思った。バー内でしか知らない相手だが、きっと聞けば勇気をもらえるような気がする。

そう思って尋ねてみたが、レオは話したくないように見えた。

「昔のことだ。まあ、気にすんな」

表情から見るに、照れているのかもしれない。多分。

「こちらは仙崎様に、私からの一杯です。どうぞ」

「え？」

流れを遮るように出されたのは、少しオレンジがかった赤いカクテルだった。まるで磨き上げられた赤い珊瑚《さんご》を思わせる色みだ。

出されたのは初めてだが、セロリとレモンが添えられていることから、何かわかる。

「ブラッディメアリー、ですか？」

トマトジュースとウォッカを入れて作られるカクテルだというのは、知っている。しかし、なぜ今このタイミングで出してきたのだろう。

そもそも仙崎はトマトが苦手なのだ。いくらマスターからの一杯でも、遠慮したいところだった。

「その通りです」

断ろうかと考えている仙崎に、マスターは優しく頷《うなず》いた。

「ブラッディメアリーは、十六世紀のイギリスの女王メアリー一世をその名に持つカクテルです。彼女はプロテスタントに対して過酷な迫害を行ったため、ブラッディメアリーと呼ばれていたそうです。そのため、彼女の命日はそれから二百年もの間『圧制から解放された日』として祝われていました」

「圧制から、解放された日……」

あまりにもタイムリーな単語に、思わず仙崎はオウム返ししていた。

こうなると、断ることなど頭の中から吹き飛んでいく。

「そのせいでしょうか。『断固として勝つ』、ブラッディメアリーには、そういうカクテル言葉があるようです」

「断固として、勝つ……」

目の前のカクテルから目が離せなくなる。

だんだんとグラス内の赤さが、闘志を湧き起こしてくれるような気さえしてきた。

「俺も何かに挑む前は、マスターにそれを出してもらってるんだぜ」

ライオンがどこか誇らしげに言った。

それを聞いたら、もう迷いなどなかった。

仙崎は力強くグラスを握ると、一気に飲み込んでいく。

若干酸味があるものの、トマトの青臭さが感じられない。だけど、確かにトマトがいるという、不思議な味わいだ。よく煮込まれたトマトソースをどこか彷彿《ほうふつ》とさせる。

口当たりはまろやかで、適度な塩気と胡椒の辛みがあって飲みやすい。想像していたよりもずっと美味しいというのが正直な感想だ。

飲むことに夢中になっているからか、次第に周囲の音が聞こえなくなってくる。

「俺のこと色々言うけどよ、マスターも天敵のシャチに単独で挑んでたじゃねえの」

「ええ、まあ……若気のいたりですね」

すごく気になる話題だが、食いつこうとしたところで視界がぼやけていくのがわかった。

瞼《まぶた》が重たくなっていく。

このまま落ちてはダメだと思うのに、異常なまでの眠気に抗《あらが》えない。

そうして、仙崎はカウンターの上で眠りに落ちていた。


目が覚めると、知らない建物の廊下に立っていた。

突然で驚いたが、とりあえず周囲を確認してみる。廊下や窓などの造りを見る限り、学校の校舎のようにも思えた。

更に、廊下を歩いているのは制服らしきものを着た動物たちだ。当然のように皆が二足歩行している。中にはスマホをいじっている動物までいた。

どうなっているんだ。

トラ、ゾウ、キリン、カンガルー、コアラ、ウサギにイヌにと、とにかくありとあらゆる動物たちがいる。サルもいるが、人間はひとりもいない。

あきらかに異様な場所だが、この場では自分の方が異質な存在になっている。なのに、誰も仙崎を気に留めていない様子が気になった。

自身を確かめるように視線を下に向けて、思考が一瞬停止する。そこにあったのは、自分の腕ではなかった。

袖《そで》から伸びる腕は立派な毛皮に覆われていて、どう見ても動物の腕だった。着ているのは白いシャツに濃い色のスラックス――他の動物たちが着ている制服と同じだ。

困惑する仙崎が再び顔を上げたところで、廊下がざわつき始めた。

周囲の動物たちが一瞬だけ廊下の奥を見て、そして何も見なかったとでも言いたげに目を逸《そ》らしていく。

一体なんだ。

仙崎も皆が確認した方へ目を向けると、一頭のオスライオンと数頭のメスライオンがこちらへ向かってくるのがわかった。

どうやらメスがオスを囲んでいるようだ。これは多分、ライオンの群れというやつなのだろう。確かプライドというのだと、テレビで見たことがある気がする。

彼らがなんだと言うのか。

考えている仙崎の前で、一匹のメスライオンが派手に転んだ。

いや、正確には転ばされた。オスがわざと足を引っかけて転ばせた瞬間を、仙崎は見逃さなかった。

「ほんと、お前はどんくせえな」

嘲笑《ちょうしょう》しながら、オスは床に手足をついたメスライオンを見下ろしている。

他のメスライオンたちは、手を貸そうともしない。ただ、彼女たちの表情を見る限り、ひどく怯《おび》えているようだった。

周囲もそうだ。気にしてはいるものの、見て見ぬふりをしている。

そんな中、ゆっくりと起き上がろうとしているメスライオンをオスライオンが突き飛ばした。

勢いのせいで、彼女の体が床を滑った。

「誰が立っていいって言ったんだよ。おい」

威圧感たっぷりに言われて、メスライオンは床に這《は》いつくばったまま体を震わせている。

なんだよ、これ。

なんで周りは何も言わないんだ。

少しだけ体を起こすメスライオンに、オスライオンが体を揺らしながら近づいていく。

きっとまた、突き飛ばすつもりなのだろう――考えたら、足が一歩前に出ていた。

「なあ、何しているんだ？」

仙崎の口から、そんな言葉が零《こぼ》れる。

周囲の空気が、変わった。

緊張でピンッと張り詰めるのがわかった。

「あ？」

オスライオンの足が止まり、鋭い視線が仙崎を刺してきた。

途端、全身が硬直した。

力強い金色の瞳《ひとみ》は、睨《にら》まれただけで相手を怯《ひる》ませる威力がある。力が入ったのかタテガミが逆立つようにして盛り上がった。

「なんだ、お前。俺様より年下ってだけじゃなく、自分のプライドも持ってないようなヤツが、俺様に意見するってのか、おい」

唸《うな》るような声は地響きを起こしそうなほどだ。

気圧《けお》されたのか、言葉が出てこない。体の芯《しん》が震え、周囲の気温が一気に下がったように感じられた。

「な、なあ……あっちは上級生っていっても、君は同じライオンだろ。た、頼むよ、少しでいいから、ちゅ、注意してあげてよ」

仙崎の袖を引いてきたのは、ヒツジだった。その体は小さく、そして震えている。

言われて、仙崎は窓を見た。映っているのは、確かにオスライオンだ。目の前のオスに負けずとも劣らず、立派なタテガミを持ったオスライオンだ。

隣のヒツジは、まだ震えていた。

「あの子、い、いつもあんな扱いで……」

ヒツジの顔色は悪いものの、彼は仙崎の袖を放さない。

そんな仙崎とヒツジの前で、オスライオンがメスの足を蹴《け》り上げようとした。

「やっ！　やめ………っ」

声を上げたのはヒツジだ。か細い声を必死に張り上げたようだが、最後はもはや音にもならないほど掠《かす》れていた。

「ああ？」

足を止めたオスライオンがこちらを勢いよく振り返って、睨みつける。

ヒツジは体を縮こまらせながら、仙崎の後ろに完全に隠れてしまった。

種の差、体格差、腕力の差。それらを考えれば、彼があのライオンに立ち向かえるはずがない。だから、彼は精一杯やったのだ。

ふと周囲を見回してみると、誰もが怯えているのが伝わってきた。当事者のメスライオンたちだけではない。見ているだけでも、十分恐怖の対象なのだろう。

「だいたい、俺様のプライド内のことに口出すなよ。コイツらは俺様の所有物なんだよ。だから、しつけてやってんだ」

どこかで聞いた台詞《せりふ》だ。確か、あの上司も「俺がしつけてやってる」とか言っていなかったか。いや、間違いなく言っていた。

「なんだ、自分で絡んできたくせに何も言えねえのか。とんだ軟弱野郎だな。そんなんだからメスどもに相手にされねえんだよ。まあ、プライドも持っていないようなヤツだもんな。どうせダメなヤツなんだろ、お前。ダメなヤツは何やってもダメなんだからよ、おとなしくしてろっての」

ダメなヤツ、これもよく聞かされる言葉だ。

何やってもダメ？　そんなこと、なんで言い切れる。自分の物差しでしか計らないようなヤツに、何がわかる。

仙崎はヒツジの手をそっと外し、目の前のオスライオンを見据えた。

相変わらず圧倒的な存在感を放っているが、自分もライオンだと思えば恐怖心は和らいでいく。

「あ？　なんだ、その目は。言いたいことがあるなら、言ってみろよ」

相手は完全に仙崎を舐《な》めている。だが、それでいい。

「ああ、言ってやる。お前は最低の、クズ野郎だ！」

そこからの仙崎の動きは早かった。

面食らっているオスライオンに向かって走り出し、体当たりをする。想像以上に動けたのは、ライオンの体だからだろう。

予想していなかったせいなのか、オスライオンは勢いよく吹き飛んだ。

床に転がる体に跨《また》がり、完全にマウントを取った。

だが相手も、やられっぱなしになる気はないらしい。すぐに下から鋭い爪を出した手を伸ばしてきた。

咄嗟《とっさ》に避《よ》けたが、頬に爪が掠《かす》め、僅《わず》かに皮膚が抉《えぐ》れる。やはりネコ科の爪は危険だ、と冷静に考える仙崎は相手の胸ぐらを掴《つか》んでいた。

そのまま重力を利用して、思いっきり頭突きをした。

当然自分も痛いが、気にしてはいられない。

何度も、ただひたすらに、頭突きを繰り返した。

頭突き攻撃から逃れようと相手も手を出してくるが、どうやら想像以上に効いているらしい。どの一撃を喰らっても、仙崎にとってさほど痛くなかった。

周囲が固唾《かたず》をのんで見守る中、とうとう相手は戦意喪失したらしい。仙崎を殴りつけていた腕で頭を守ることに必死になっている。

そこへガードの横から拳《こぶし》を入れた。無防備なところへ決まったせいか、相手の体から力が抜けていく。

だが、ライオンの頬とは意外に頑丈だったようだ。殴った拳が、少し痛んだ。

仙崎がゆっくり立ち上がると、それまで静まり返っていた群衆が沸いた。

「やった！」「スッとした！」など、賞賛の声が聞こえてくる。

「もうあたしたちは誰も、あんたの言いなりになんて、ならないから！」

一匹のメスライオンが、この場から逃げ出そうとするオスライオンに力強く言い放つ。

すると、他のメスライオンたちも「そうだそうだ！」と威勢よく加勢した。

あの転ばされた一匹は、他のメスたちにしっかりと肩を抱かれている。

それを見ながら、オスライオンは群れを守るために存在するとどこかで聞いたな、と仙崎はぼんやり考えていた。


気がつくと、自宅だった。

いつの間にか寝巻に着替え、ベッドに入っていたらしい。

思わず自分の手や腕を確かめるが、当然ながら見慣れた人間のものがそこにあった。拳も痛くないし、頬に傷もないようだ。

時計を見ると、朝の五時を過ぎたところだ。

夢、だったのだろう。当たり前だ。自分はライオンではなく人間なのだから、あれは夢の中の出来事だ。

しかし、なぜだろうか。仙崎の心は熱く燃えたぎっていた。夢の時のように立ち向かうと、覚悟を決めていた。

体を起こし、ベッドから立ち上がる。

後輩が戻ってこられる場所を作るため、自分は断固として勝たなくてはならない。そのためにできることを、全てやるつもりだ。

仕事用の鞄《かばん》の中から必要なものを取り出し、仙崎はパソコンを立ち上げた。


いつもより少し早い時間に職場に到着した仙崎は、自分のフロアではなく人事部のフロアでエレベーターを降りた。

アウェーの空気を感じながらも、迷いはない。真っ直ぐ目指したのは、もちろんコンプライアンス担当者のデスクだ。

「おはようございます」

「おや、仙崎さん。おはようございます」

笑顔で挨拶《あいさつ》をすると、担当者も笑顔で返してきた。

担当者は四十代半ばの男で、仙崎も社内イベントで何度か話したことがある。メガネの奥の目はいつも笑っているようで、少し掴みどころのない男だ。

だが、ただのお飾りではないと耳にしたことがある。これまでもセクハラやパワハラについて真摯《しんし》に取り組んでくれたと、他部署の同期に飲みの席で聞かされたのだ。

「部署内のパワハラについて、ご相談したいことがあります」

「わかりました。それでは、あちらの部屋でお聞きしましょう」

笑顔を崩さず、担当者は立ち上がって奥の小会議室を指し示した。

ここからは、仙崎の腕の見せ所だ。

戦いに赴く前に、まるで武者震いのように少し体が震えた。

自分だけのためだったら、きっとここまでしようとは思わなかっただろう。だけど、今からの行動は後輩のためでもあり、そしてひいては自分のためでもあるのだ。

ふと自分の手を見てみると、一瞬だけ夢の中と同じようにライオンのそれに見えた。

そうだ、必ず勝つんだ。群れを害するリーダーなら、引きずり下ろしてやるしかない。

考えると、心は次第に落ち着いてきた。

鞄を持つ手に力を入れて、仙崎は小会議室へと入っていった。


それから一週間後、仙崎はＢＡＲ　ＰＥＮＧＵＩＮへ向かっていた。

あいにくの曇り空で月さえも見えないが、足取りはこれまでで一番軽い。

羽でも生えたかのよう、とはまさにこんな感じなのだろう。もちろん、ペンギンの羽ではなく飛ぶ鳥の方の羽だ。

路地に入ると看板が見えた。この前は重かった扉も、なぜだかとても軽く感じられる。

「いらっしゃいませ、仙崎様」

マスターのよい声が響いてきた。

軽く頭を下げてから店内へ足を運ぶと、カウンター席にはすでにレオがいた。

「レオさん、こんばんは」

「おお、仙崎のあんちゃん。待ってたぜ」

手招きされて、今回は自然に横へ腰を下ろした。

「マスター、生ビールお願いします」

「かしこまりました」

初めて来た日と同じものを注文しても、あの日と心はまるで違う。

マスターが台から颯爽《さっそう》と飛び降り、ビールサーバーの前に飛び上がった。

グラスを手にする前にマスターは一度体を震わせる。頭や体をブルブルとさせたあと、最後に尻尾《しっぽ》を細かく震わせる仕草はやはりかわいい。

そこからは、無駄のない動きでグラスにビールを注いでいく。二度目でもその手つきのよさには驚かされる。気がつけば黄金比のビールができあがっていた。遠くに置かれていても、グラスは琥珀色《こはくいろ》に輝いて見えた。

仙崎の前に勢いよく飛び出してきたマスターが着地、からの転倒——と思ったら、なんと堪《こら》えたではないか。わずかに前のめりにはなったが、それでも耐えた。

立った！　マスターが立った！

思わず拍手しそうになった仙崎に、マスターは不思議そうな顔を向けながら蝶《ちょう》ネクタイを直していく。

「お待たせいたしました」

運ばれてきたグラスを口に運ぶ。一口飲んでわかった、先日のビールとは銘柄が違う。今回のはクラフトビール、つまり地ビールの類《たぐい》だろう。泡のきめ細かさや口当たりのよさは相変わらずだが、苦みは少なく、どこか甘酸っぱいような味がした。最後に口に残る柑《かん》橘《きつ》系の爽《さわ》やかさが癖になりそうだ。

「美味《うま》い……前のも十分美味《おい》しかったけど、今日のはクラフトビールですか？」

「ええ。私が昔から贔屓《ひいき》にしている醸造所のものになります。先日のモヒートがお好きだったようなので、お口に合うのではと思いました」

「うん、すごく美味しいです。確かに言われてみれば、あのオレンジとライムのモヒートを思い出すような気がします」

しみじみと仙崎が口にする前で、マスターが嬉《うれ》しそうに目を細めた。多分、嬉しいのだと思う。

「こちらチャームになります」

「ありがとうございます」

出されたのは、小皿に盛られた揚げ物だ。形や色からして、様々な野菜を揚げたもののようだ。一つ口にしてみると、程よい塩気と野菜の甘みが口の中に広がった。

そこでビールを口にすれば、油を流しつつも旨《うま》みの調和が取れていく。最後に訪れる爽《そう》快《かい》さのある味わいは、今の気分にぴったりだった。

恐らく、初日に馴染《なじ》みのあるビールを出したのは、仙崎が一見《いちげん》だったからだ。それから味の好みや、心理状態などを鑑《かんが》みて今日のビールを出してきたのだろう。

さすがは仙崎にとって最高のジントニックを出すマスターだと、改めて思った。

「で、どうだったんだ？」

喉《のど》を鳴らして何口か飲んだ仙崎がグラスを一度カウンターに置いたところで、レオが尋ねてきた。

「とはいえ、顔を見ればわかるけどな」

「え、そうですか」

まだ何も語っていないのに、と思ったが、やはり喜びはあふれ出ていたようだ。

「実は、上司の左遷が決まったんです」

レオとマスターが黙ったまま頷《うなず》いたので、そのまま続けることにする。

「あれからパワハラの証拠を集めて、社内コンプライアンスの担当者に提出したんですよ」

証拠は、メールのコピーやボイスレコーダーの録音だった。

でもこれらは初めから上司を訴えるために用意していたものではない。もし今後上司が仙崎の手柄を横取りしようとしたり、何らかの危害を加えようとしたりしてきたら、本人を脅して牽制《けんせい》するつもりだったのだ。

始めてしまえば習慣になり、上司が近くにくると録音するようになっていた。おかげで、ありとあらゆる暴言が録音できた。

あくまで自身の保身のために始めた証拠集めだが、結果としては使えてよかったと思う。

「それから部署内で聞き取りが始まったんですけど、俺ひとりの証言じゃ弱いかもしれないって思って、朝、上司がいない時に皆に頼んでみたんです。職場を変えるために立ち上がろうって。そしたら……かなりの人数から証言だけじゃなくて証拠まで出してもらえて……そこからは、早かった」

独りで立ち向かう勇気がなくても、誰かと一緒なら頑張れる。周囲のそんな気持ちが見えたような気がした。

いくら上司がこれまで社内貢献していたとしても、外部とコネクションを持っていたとしても、部署内からこれほど証言、証拠が出てしまえば上も庇《かば》いきれない。

そこら辺の交渉などは、あのコンプライアンス担当者が相当頑張ってくれたのだと聞いている。

「飛ばされるのも、かなり不便な地方の支社で、もうこっちには戻ってこられないだろうって」

「そりゃ、よかったな」

声を弾ませる仙崎に、レオが口角を上げて相槌《あいづち》を打った。

「ありがとう、レオさん、マスター。ここで話せたから、俺は戦えました」

「いいえ。私は仙崎様の心の中の決意を後押ししただけです。戦えたのは仙崎様の意志が強かったからですよ」

「そうだぜ、あんちゃん。誰が何を言ったって、結局戦うのは己だ。つまり戦えたってことは、あんちゃんが頑張ったって証拠だ」

マスターやレオに言われると、そうかな、という気がしてくる。

「そうだとしても、俺にはその後押しが必要だったんです。ここに来ていなかったら、ただ苛立《いらだ》つだけで、きっと後輩のために立ち上がれなかった……」

自分だけよければいいという考えが必ずしも間違っているとは思わない。誰だって自分が一番かわいいし、自分を守りたいと思うはずだ。

だけど、誰かのために立ち上がって初めて分かった——自分のためだけよりも、誰かのためのほうがよっぽど力が湧くこと。

「まだ部署内は混乱しているけど、これで後輩が戻ってくるのを胸張って待てます」

戻ってきた時に後輩が安心して過ごせるような環境を、作っていくつもりだ。それこそ、群れを守るように。

仙崎はビールをグッと飲み干し、立ち上がった。

「ごちそうさま。今日は報告に来ただけだから、もう行きます。明日《あした》も朝早いんで」

「そうですか。それではどうぞ、お気をつけて」

勘定を受け取って、マスターは深々と頭を下げた。

「今度は、後輩を連れてきます」

本心からそう思ったが、なぜだかここにはこの先二度と来られないような気がした。うまく説明できない。だけど、もうあの看板や扉を探せない気がするのだ。

「ええ、その時は歓迎いたします」

「元気でな、あんちゃん」

「はい、ありがとうございます。レオさんも、お元気で」

手を振ると、レオも大きく振り返してくれた。

「本日はご来店、ありがとうございました」

マスターに見送られながら、仙崎は扉を開いた。

閉める前にもう一度店内を見る。

やはりどう見てもただのペンギンのマスターと、その横にはペンギン頭を被《かぶ》った見習い君がいた。

彼らが並んで頭を下げている絵面は、正直面白い。

だけど、きっとこういう店だから仙崎は心の内を吐露できたのではないだろうか。そして、助言もすんなりと受け入れられたのではないだろうか。

たとえこの先、ＢＡＲ　ＰＥＮＧＵＩＮに来られなくても、誰かに話して嘘だと言われようとも、自分だけはここでの出来事を覚えておこう。

そう誓って、仙崎はそっと扉を閉めた。

誰もいないＢＡＲ　ＰＥＮＧＵＩＮでは、マスターと見習いが後片付けをしていた。
「今回の件は、いかがでしたか？」

「そ、そうですね……仙崎様のお顔がとても晴れやかになっていたので、本当によかったと思います。それに、職場環境も改善されたんですよね。なら、仙崎様や後輩さんだけでなく、他の人たちにとってもよかったのではないでしょうか」

たどたどしく見習いは言葉を紡いだ。

だが言葉にしていくうちに、まるで自分のことのように嬉しくなってくる。

悩みから解放されたお客様のお顔が何よりの報酬——その通りだと思えた。

「ええ。仙崎様の行動のおかげで、たくさんの方にとってよい方向になっていきますよ」

マスターはまるでそれが見えるかのように、断言した。いや、もしかしたら本当に見えるのかもしれない。

そう思わせるだけの何かが、マスターにはあるのだ。

「さあ、また次のお客様がいらっしゃるようですよ。準備はよろしいですか？」

「はい、マスター」

三杯目　ラモスジンフィズに宿る友情

宗田《そうだ》瑛太《えいた》は、駅から家までの帰路を重い足取りで歩いていた。

残暑の生ぬるい風を受けて、ささくれだった心の不快度がさらに上昇する。

なんとかこぎ着けた面接は、まるで手ごたえがなかった。初めから採用する気がないような面接官たちに、もう少しで「交通費返せ」と詰め寄りたくなったほどだ。

「また、金が減った……」

この十日ほどの間に履歴書を十枚以上書き、面接に行けたのは三回。

そのうち内定をもらえたのが一ヶ所……でもあればいいが、残念ながら現実は厳しい。

「クソッ……どいつもこいつも、雇う気ねえなら求人なんて出すんじゃねえよ」

新たに雇う気はあっても、自分を雇う気がないだけだ。

わかっている。

わかっているが、それでもやりきれない気持ちになる。

宗田は就職したことがない。

大学に在学中から小遣いで株を始めたところ、とんとん拍子で利益を出せた。だから真面目に働くヤツらなんてバカだと、就職活動をしなかった。

だが、うまく行ったのは初めの二年ほど。次第に損失を出すようになり、いつの間にか稼いだ以上に金は減っていた。結局、ただのビギナーズラックでしかなかったのだ。

それから現在まで、適当にアルバイトをして食いつないでいる。あの頃の成功が忘れられず実家からの小遣いで株は続けているが、もうずっと上手《うま》くいっていない。

つい先週、そのバイトすら辞めた。

レジの金額が合わないことで店長に宗田が疑われ、逆上したのが原因だ。結局、他のバイトが犯人だったわけだが、店長との溝は埋まらないまま、逃げるようにして辞めてしまった。

家賃は親が払っているので、問題ない。しかしこのまま行くとライフラインが止まるし、何より食費もない。

だから、『友人』を頼ろうとした。

大学時代からの付き合いで、なんというかお人好《ひとよ》しなヤツだ。ちょっと泣きつけば、金を貸してくれるだろう。

もちろん、ちゃんと返すつもりはある。自分はクズだと自覚しているが、これまでだって親以外から借りた金は返してきた。

「なあ、頼むよ。三万貸してくれ。ちゃんと返すから」

家飲みに誘い、酒が入ったところで切り出した。

二つ返事で了承される、そう思っていた。

しかし予想に反して、『友人』は首を縦に振らない。

黙ったまま、宗田をまっすぐに見据えてきた。

「な、なんだよ。疑ってんのか？　ちゃんと返すって。そろそろ親が送金してくれる頃だし、すぐ返せるって。なあ、頼むよ」

いつもと違う様子の『友人』に困惑しながら、宗田は頭を下げた。

人に頭を下げるなんて、正直初めてかもしれなかった。だが、死活問題に直面している以上、プライドも何もない。

「宗田君、もう一度就活したら」

「……は？」

予想だにしていない一言に、宗田は思わず声が低くなった。

「いい機会だろ。バイトじゃなくて、ちゃんと正社員の仕事を見つけなよ」

「はあ？」

苛立ちを隠さないまま、正論を吐く『友人』を睨《にら》みつけた。

大学に入ったばかりのころは、これですぐに言うことをきかせられた。だが、今の『友人』は全く動じていないようだった。

「俺の本職はバイトじゃなくてトレーダーだっつーの。就職なんてしちまったら、そっちがおろそかになるっていつも言ってんだろうが」

「でも、もう何年も株では損失しか出してないだろ。そろそろ潮時だと思う」

「ああ？」

切れて、手にしていたビール缶をテーブルに叩《たた》きつけた。

勢いで中に残っていたビールが少し飛び出してくる。

「お前、自分が働いているからって、何言っちゃってんの？　働くことが正義とでも思ってんの？　人それぞれの生き方があんだよ。口出すんじゃねえよ！」

『友人』にこれだけ声を荒らげたことはない。気弱なヤツにはこれくらい言っとけば、おとなしくなるだろう。

もちろん苛立っていたが、我を失っているわけではない。『友人』を折れさせるために、ある程度計算も必要だと思っただけだ。

「それが宗田君の本当にやりたいことのためだったり、人にお金を借りなくてもやっていけているようだったら、俺だってこんなこと言わない。だけど、そうじゃないだろ。宗田君はなんとなく就活をしないまま、なんとなくずるずるとバイトしながら生きている。それじゃあただ、逃げているだけだ。今のままの状態をずっと続けられるわけない」

正論だ。

『友人』は間違いなく正論を言っている。

別にトレーダーになりたかったわけではない。

たまたま手を出して上手く行ったから、就職するのが面倒だったから、実家が裕福で小遣いをくれるから、そんな理由でこんな生活を続けている。

頭のどこかで、このままでいいわけないなんて思いながら。

しかし、人に言われるとどうしようもなく苛立つのはなぜだろうか。

「……うるせえよ、お前」

もう、計算も何もなかった。

そんなことを考えられるだけの余裕など、消失していた。

「自分が就職できて、ちゃんと働いているからって、調子に乗ってんのか？　働いていることがそんなに偉いのかよ！　やれ残業だ、やれ休日出勤だって、ご苦労なこったな！　ただの社畜じゃねえか！　俺はな、ちゃんと考えて生きてんだよ。お前にとやかく言われる筋合いはねえ！」

嘘だ。何も考えていない。

だけどそれを口にしたら、自分を保てなくなりそうだった。

ずっと目を背けて生きてきたのに、どうして完全な無職になった今、どうして金がない今、コイツはこんなことを言い出すのだろうか。

宗田は改めて『友人』を見てみる。

こんなに怒鳴りつけても、少しも臆《おく》した様子はない。

それどころか、真っ直ぐ宗田を見つめている。その目には強い意志が宿っているように感じられた。

「いいから金貸せよ！　色付けて返してやるからよ！」

ここで「金はいらないから帰れ」と言えたらいいのだろうが、他に当てがないのだ。

自分のような人間には、友達と呼べるような相手はコイツしか残っていない。困った時に助けてくれるのは、親かコイツくらいなものだ。

無言の睨み合いが続いた。

宗田にとっては何十分も経ったように感じられたころ、『友人』は小さく息を吐いた。

財布を手にすると、中から金を取り出した。

なんだ、結局貸してくれるのではないか。それならこんなやり取りをせずに貸してくれればいいものを。無駄に苛立《いらだ》って損をした。

「これで、必要なものを揃えなよ」

テーブルの上に置かれたのは、五枚の一万円札だ。

コイツは一体、何を言っているんだ。必要なものなんて食べ物くらいで、他に買わなくてはいけないものなどない。

理解できないまま、ゆっくり視線をテーブルの上から『友人』へと戻す。

「返さなくていい。だけど、これで就活しなよ」

「……は？」

声が掠《かす》れていた。

コイツは、何を言っているんだ。

「じゃあね」

呆然《ぼうぜん》とする宗田をひとり残し、『友人』はさっとゴミをまとめてから部屋をあとにした。

テーブルの上に残された五万円を、宗田はしばらくの間眺めていた。

別に、『友人』の言葉に突き動かされたわけではない。宗田自身、このままではよくないとずっと思っていただけだ。

そう言い聞かせて、宗田はまず金色だった髪色を黒く染めた。大学の卒業式以来袖《そで》を通さず、押し入れで丸まっていたスーツとシャツをクリーニングに出す。それから履歴書を買って、しっかりネクタイを締めて写真を撮った。

適当にしか書いたことのなかった履歴書に四苦八苦しながらも、就活を始めたのだ。

あれから『友人』とは連絡を取っていない。

ヤツの言い分もだし、まるで五万円を施されたようなのも腹立たしかった。思い出すだけでむかむかしてくる。

だからさっさと就職を決めて連絡を取り、「俺はやればできんだよ。変な心配とかして、ご苦労だったな」と五万円を投げつけてやると決めたのだ。

『友人』からも連絡が来ないのは、気弱なヤツだからきっとびくびくしているのだろう。なら、自分が寛大に許してやればいい。

そう思っているのに、就活はどうにもうまく行かなかった。このままではいつか、交通費のせいで所持金が尽きるだろう。

やはりバイトを探した方が賢明だろうか。

自分には就職は無理なのだろうか。

帰宅途中、そんな考えが宗田の頭の中を駆け巡り、心は鬱々《うつうつ》としてくる。

少しでも気分を晴らしたくて、道端に転がっていた石を思いっきり蹴飛《けと》ばした。

カラカラと音を立てて、石が脇道へと入っていく。

普段なら用もないし、気にも留めない道だ。だからその脇道を覗《のぞ》いたのは、本当になんとなくだった。

日没してから少し経った薄暗い路地に、ぼんやりとした光が灯《とも》っていた。白熱電球のような、優しい灯りだ。

照らされているのは、店の看板のようだった。

「BAR《バー》 PENGUIN《ペンギン》？　変な名前」

言いながらも宗田は路地に入っていく。

そして店の前で足を止めると、立て看板が目に入った。

『絆《きずな》を見失わないための一杯、いかがですか』

やたらと達筆だが、気取った感じはしない。

これまでの人生でバーに入ったのは、片手で数えられるほどだ。

一度目は成人してから割とすぐ、大人になったことを証明するかのように訪れた。二度目は当時の彼女に恰好《かっこう》つけたくて入った。三度目は『友人』を、半ば無理やり連れ込んだ。思えば、ほとんどが背伸びするためか、自分の何かを誇示するために入ったようなものだ。

そのせいか、何を飲んだかはあまり覚えていない。居酒屋で飲む酒と何か違ったのかも、覚えていない。

ぼんやり考えながら、バーの扉へ視線を移す。

ここ最近、酒は飲んでいなかった。余裕のない中、就職活動をやると決めてからは節約のために絶っているのだ。

もしかしたら最近イライラするのは酒断ちのせいではないか。

バーの扉は暗い色をした木製だった。色のせいか重そうに見え、気軽に入れる雰囲気ではない。

だからいつもの宗田なら間違いなく素通りしたはずだ。

なのに、視線を動かせない。

見ているうちに、最後に入ったバーの扉とよく似ているように思えてきた。

まだ金のあった時期に調子に乗って『友人』を呼び出し、成功をひけらかすようにして飲んだ、あのバーだ。

「一杯くらいなら、いいか」

明日《あした》からのために気分転換をしたい。

居酒屋に入ればきっと飲み過ぎてしまうが、バーなら一杯だけで満足できそうだ。

そう考えた宗田は、扉に手をかけた。

カランッとドアベルの軽い音が響く。

思った以上に重い扉を引き開けると、中は薄暗かった。カウンター席がいくつかとテーブル席が二セットという、小規模なバーだ。ただ、カウンター奥に並んだ酒瓶の数には圧倒された。

ひんやりとした空気が頬を撫《な》でて、体から少し力が抜けていく。

「いらっしゃいませ」

声はカウンターの向こう側からしたようだ。渋く落ち着いた声色はきっとマスターかなんかで、中年の男なのだろう。

声に導かれるようにしてカウンターに近寄って、宗田は足を止めた。

なんでカウンター内にペンギンがいるんだ。

いや、動かないからぬいぐるみか。

そういえばバーの名前はPENGUINだった。ご丁寧に蝶《ちょう》ネクタイまでつけて、マスコットのつもりなのだろうか。

「こちらへどうぞ」

ペンギンが動いたかと思うと、羽で前の席を示した。

しかも今、ペンギンのクチバシも動いていなかっただろうか。

精巧なロボットか何かか。

それとも、誰かが腹話術のように動かしているのだろうか。

宗田は一杯飲みたいのであって、色物バーに来たかったわけではない。このまま踵《きびす》を返して帰りたくなってくる。

だがよく見ると、まだ夕方にもかかわらず店内には客が二人いた。グレーの髪をした女と、金髪の女だ。二人とも目立つ髪色という共通点があるものの、間には一席空いているので同行者ではないようだ。

ペンギンに関しては不可解だが、客が入っているのだからヤバい店ではないはずだ。

とりあえず宗田は案内された席に腰をかけてみる。

そして気がついた。

カウンター内にいるのはペンギンの他にはもう一人。

だが、この一人が問題だ。

服装自体はスーツに蝶ネクタイで、普通のバーテンダーといったなりをしている。しかしペンギンのマスクをしているのだ。マスクといっても花粉症や風邪などでするマスクではない。頭からすっぽり被《かぶ》るフェイスマスクだ。

いくら名前がＰＥＮＧＵＩＮだからってこんなマスクを被って接客など、ふざけた店だ。

「おしぼりをどうぞ」

やはり帰ろうかと思う宗田に、ペンギンがおしぼりを差し出してきた。

ペンギンが、おしぼりを、差し出してきた。

ロボットとは思えない滑らかな動き。

そして時折される瞬《まばた》き。

もしかしてこれって、本物のペンギンか？

よく躾《しつ》けられた、おしぼりを出す看板ペンギン、とかそういうのか。

いや、でも「おしぼりをどうぞ」と言ったのは、ペンギンではなかったか。

しかも入店時に聞いたあの渋い声だった。ペンギンの見た目とは、あまり一致しないような声だ。

「お客様、どうかされましたか？」

間違いない。

ペンギンが話している。

腹話術ではなく、ペンギンの口から声が響いてきた。

「い、いや……」

内心困惑していたが、悟られまいと平静を装って受け取った。思わず匂いを嗅《か》いでみるが、生臭さなどは感じられない。

おしぼりの冷たさが少しだけ心を落ち着かせてくれる中、横目で他の客を確認する。

二人ともペンギンがおしぼりを渡してきたことにも、それどころかペンギンが話していることにも、全く驚いていない。さも当然のことと言わんばかりに、各々《おのおの》カクテルを飲んでいる。

このバーではこれが普通……なのだろうか。

「メニューをご覧になりますか？」

くぐもった声で尋ねてきたのはペンギンマスクを被った店員だ。

メニューを持った彼の手は紛れもなく人間の手で、なぜだかひどく安心する。

「いや……一番安いのでハイボールを……お願いします」

基本的に、宗田は店員に対して丁寧語で接することはない。かといって横柄な態度を取るわけではないが、かしこまった店に入らないというのもあるのかもしれない。

そんな宗田が、ここの異様さに圧倒されたせいか思わず丁寧語になってしまう。

「かしこまりました」

返してきたのはペンギンだった。落ち着いたつもりでも、ペンギンに一礼されるとやはり緊張する。

安いの、なんて注文をされても、特に気にしている様子はないようだ。

ペンギンはカウンター奥の酒瓶の棚へと向かって歩き出す。羽を横に伸ばし、尻尾《しっぽ》をひょこひょこと揺らしながらよちよち歩く様は悪くない。正直、動物など興味ない宗田だが、今は少しだけよさがわかる気さえしてくる。

しかし、ペンギンのあの羽で酒瓶を持てるのか。

そんな宗田の心配をよそに、ペンギンは両羽で酒瓶を抱えて戻ってくる。

コトリと音を立ててカウンターに置かれたのは、あまり目にしたことのない瓶だ。よくある細長い瓶には白いラベルが貼られている。

ペンギンは大振りの氷をグラスいっぱいに入れ、ウイスキーを注ぐ。そこへ勢いよく炭酸水を半分ほど足してから、長いスプーンのようなもので一度だけかき混ぜる。それから炭酸水を今度は静かにグラスのふちまで注いでいった。

シュワシュワと音を立てているグラスから、ここまでウイスキーの香りが漂ってきそうだ。

それにしても、とにかく手際がよい。グラスの動きだけ見ていたら、ペンギンによって作られているとはとても思えないほどだ。

「お待たせいたしました」

コースターの上にのせられたグラスが、目の前に置かれた。

薄い金色の液体が、グラスの中でシュワシュワと泡を弾《はじ》かせる。松脂《まつやに》のような、どこかスモーキーな香りが微《かす》かに漂ってきた。なぜだか少し懐かしく感じられる香りだ。

引き寄せられるように無言で手を伸ばし、口を付けた。

美味《うま》い。

いつも飲んでいるハイボールとは、なにかが違った。安いのと伝えているから、ウイスキー自体の質がよいとかではないはずだ。

だけど果実のような香りや、ほのかな甘みが口の中に広がっていく。それでいて、後味はスッキリとしていて、とても飲みやすい。飲んだあとで口内にわずかに残る香りが余韻となってくれる。ハイボールはビールよりも香りを楽しめると聞いたことがあるが、改めてそう思った。

「お口に合いましたか？」

ペンギンが優しい瞳《ひとみ》で問いかけてくる。相手は鳥なのに、表情があるように見えるのはなぜだろう。大きく見開かれたり、細くなったりする円《つぶ》らな瞳のせいだろうか。それとも、ただの勘違いだろうか。

「あ、ああ……美味い、です」

「恐れ入ります」

ペンギンがどこか嬉《うれ》しそうな表情で一礼した。実際はどうだか知らないが、嬉しそうに見える。

「こちら、チャームになります」

そう言って出されたのは、茶碗《ちゃわん》に盛られたマグロ丼だった。濃い目の色合いからして、もしかして漬けなのかもしれない。思わず喉《のど》が鳴ったが、堪《こら》えて首を振った。

「いや、頼んでないんすけど」

「当店ではチャージ料をいただいておりますので、それに対してのチャーム、一品になります。簡単に言えば、お通しのようなものです」

「ああ、お通しか……」

納得したものの、お通しにしては豪華過ぎる気もする。

だが、艶《つや》やかにライトに照らされた漬けマグロ丼は、とにかく美味《おい》しそうに見えた。小腹が減っている宗田にとっては、願ったり叶《かな》ったりなお通しだ。

覚悟を決めて、茶碗と箸《はし》を手に取った。

マグロ一切れとご飯を口に入れる。程よく味のしみ込んだマグロは、舌の上で簡単にほぐれていく。温かいご飯との相性は、当然ながら抜群だ。よく見ると塩昆布が入っており、どこか締まった味がするのはこれのせいかと思った。

これならいくらでも食べられそうな気さえしてくる。

と、そこでハイボールが目に入り、手を伸ばす。まだまだ冷えているハイボールを口にすると、宗田は目を見開いた。

ハイボールの中にあるコクが、見事に漬けマグロとマッチしている。味をうまい具合に調和しているだけではない。魚の生臭さを一掃し、爽《さわ》やかな後味だけを残していくのだ。

「美味い、です」

「恐れ入ります。通常は漬けマグロだけでお出しすることが多いのですが、お客様は小腹が空《す》いているようでしたので、丼《どんぶり》にさせていただきました」

「あ……ありがとうございます」

そういえばここに入ってから何度か腹を鳴らしたのだが、もしかしてペンギンは気づいていたのだろうか。考えると、少し気恥ずかしくもなった。

だがこれまで飲んだハイボールで一番美味しかったのもあり、恥ずかしさもすぐに忘れグイグイ飲んでしまう。気がつけば、グラスはあっという間に空になっていた。

まいった。

一杯だけと思っていたのに、まだまだ飲みたくなってしまう。

だが、こういうバーでは居酒屋よりも当然値が張る。それが納得できないわけではない。こんなに美味いのだから、高くたって当然だ。

迷った末に、宗田はこっそりペンギンに値段を訊《き》いてみることにした。すると、驚いたことに居酒屋よりも百円高い程度だった。それに、チャージ料とやらも本当にお通し代と変わらないではないか。

どっちも、こんなに美味いのに？

困惑しながらも、宗田は迷わずもう一杯注文する。漬けマグロ丼もとっくになくなったが、こちらのお代わりは頼まなかった。

そうして二杯目が半分ほど減ったころ、宗田は大きくため息を吐《つ》いた。

もう半分になってしまったことに、喪失感を覚える。

さすがにこれ以上頼むわけにはいかない。いくらコストパフォーマンスがよいといっても、面接時の交通費くらいにはなる。

そもそも今飲んでいる分は、『友人』が置いて行った金で払うのだ。

考えたら喪失感どころか、虚無感すら湧いてくる。

俺は……何をやっているんだ。

「浮かない顔ね。もしかして、味が気に入らないの？」

突然話しかけられて顔を上げると、二席空けた先に座っている女の客がこちらを見ていた。

「い、いや……」

「冗談よ。だってマスターのお酒が美味しくないわけないもの」

まごつく宗田に、女はグラスを傾けながらあでやかに笑ってみせた。グレーの髪がさらりと肩から落ちていく。髪色のせいか、なんだか不思議な空気を持っている。

ちょっと待て。

今、マスターって言わなかったか？　マスターのお酒ってことは、あのペンギンがマスターってことか？

そんなバカなことってあるのだろうか、とも思ったが、そもそも宗田が見ている幻覚かもしれない。

どんな姿であろうと、とりあえずハイボールが美味い。見た目のことはともかく腕を買われて、ということなら当然ありえる。かもしれない。

「こんなに美味しいマスターのお酒を飲んでもそんな顔ってことは、よほど疲れているのね」

女が言うと、マスターのペンギンが礼を述べるように頭を下げた。

確かに追い詰められていない時に飲めば、それだけで気分が上がるような酒だ。

「就活が、うまく行かないんすよ」

ポロリと出た言葉に、宗田は慌てて口を押さえる。

話すつもりなんてなかった。自分の恥を、人様にさらけ出すような趣味は持っていない。

「就活かあ……そうよね、自分を売り込むってすごく労力使うわよね。私も自分の短所は出てきても、長所なんてなかなか出てこなかったわ」

派手ではないが、目を引く容姿の女だ。不思議な空気を纏《まと》っているし、どことなく自信を持っているように見えたので、宗田は少なからず驚いた。

「それもあるけど、そもそもなんで働きたいのかが言えないんすよね」

これ以上話したくないと思っているはずなのに、言葉が勝手に紡がれていく。

焦る気持ちがある一方で、もっと話したいと思う自分もいた。

酒のせいだろうか。

まだ二杯目の途中だというのに。

「根本的な悩みってわけね。これも何かの縁だし、少し話してみたらどう？　特にマスターに聞いてもらうと結構スッキリするのよ。ね、マスター」

女の言葉に、宗田の前で何か作業していたマスターが顔を上げた。

「私も長いことバーテンダーをやっておりますので、色々な方のお話を伺ってきました。お客様のお悩みを解決するまではいかないにしても、微力ながらお手伝いできることがあるかもしれません。それに、自分で言葉にすることでわかることも存外たくさんございます。お客様さえよろしければ、少しお話しになってみてはいかがでしょう」

マスターの渋くもよい声が、耳の奥まで響いてくる。

穏やかで温かみのある声は、ひどく心地がよい。

「ほら、マスターもこう言っていることだし……ええと」

「宗田です」

呼び方に困っている様子だったので名前を告げると、女が微笑んだ。

「宗田君。私はルカよ、よろしくね」

「ど、どうも……」

どんな漢字を書くのかわからないが、彼女の雰囲気と名前はよく合っている。

「宗田君よりはマスターも私も年を重ねていると思うから、少しは助言もできるかもしれないし、遠慮しないで話してみてね」

いつもの宗田なら、お節介でうるさい女だと思っていたかもしれない。

だけどバーの落ち着いた空気と、マスターとルカだけでなくペンギンマスクと金髪女の柔らかい視線を感じる今、お節介がありがたく思えてくる。

「俺、実家がそこそこ裕福なんすよ。だから今までまともに働いていなくても、なんとか生活できてて……」

自分は恵まれている。親ガチャで当たりを引いたんだ。

ずっとそう思ってきたのに、いざ口に出すとなぜか恥ずかしい。

「そもそも大学在学中に、株で結構当てたんす。今思えば本当にたまたまだった。けど、あの頃の俺は舞い上がってて、俺には才能があるとか思ったんすよね」

そうだ。自分にはトレーダーの才能なんてないって、とっくにわかっている。

一攫千金《いっかくせんきん》、働かずに稼ぐ、なんでそんなことにこだわっているのだろう。

「だから就活なんてしなくていい、俺はトレーダーだって言い張って、結局無職ができあがった……」

こんな情けない話を聞かされているのに、誰もが温かい視線を送ってくる。生温かいとかではなく、本当に優しい視線だ。

赤の他人の悩み事なのに、なんでコイツらは聞いてくれるんだろう。

「でも、今は頑張って就活を始めたのよね」

偉いね、とでも言わんばかりの柔らかい声に、鼻の奥が少しツンとした。

「実は、『友人』に尻《しり》を蹴《け》られて……あ、本当に蹴られたわけじゃないんすけど、なんていうか煽《あお》られたっていうか、発破をかけられたっていうか」

「へえ、いいご友人ね」

果たしてそうだろうか。

正論で責め立てられたからか、素直に受け取れない宗田がいる。

「本当はただ、金を借りたかったんすよ。バイト辞めて、切羽詰まったんで。けど、ソイツがちゃんと就職しろって言ってきて、喧嘩《けんか》になって……それで、五万を置いて去ってったんす。これで就活しろってね」

喧嘩といえるかもわからない。

結局、苛立《いらだ》っていたのは宗田だけだったのだから。

「バカにされたようで、ムカついて。見返してやろうって就活始めたんすけど……うまくいかなくて……」

「就活ってうまくいかないことが続くと、まるで自分が否定されているみたいな気がするわよね」

ルカの言葉に宗田はバッと顔を上げた。

そうだ。

書類選考で落とされるならまだしも、面接まで行って落とされるのは辛《つら》かった。交通費に財産が蝕《むしば》まれることと時間を無駄にしたことで苛立つのかと思ったが、それだけではない。自分は必要ないのだと言われたようで、気落ちしていたのだ。

「そうですね。私にも覚えがあります」

マスターが渋く、柔らかい声でしみじみと頷《うなず》いた。

こんな存在感を持つ落ち着いたマスターでも、どうやら色々あったようだ。そりゃペンギンだから宗田にわからない苦労があるのかもしれないが、それでも自分だけではないのだとどこか安心した。

「見習い君は、どう思いますか？」

突然話を振られたからか、ペンギンマスクの男がびくりと肩を震わせた。

なるほど、ヤツは見習いだったのか。グラスを拭《ふ》く以外、特に何もしていないのはそういうわけだったのだ。

「えっと、僕も面接は苦手だったと思うので……たくさん失敗したような気がします」

たどたどしく見習いが話すが「思う」とか「気がする」とか、自分のことなのにずいぶんと曖昧《あいまい》なことを言う。

「あの、でも……宗田様のお友達は、きっと、宗田様を大事に思っているからこそ、発破をかけたのではないでしょうか」

「……はあ？」

思わず出してしまった不満の声に、見習いが怯《おび》えるように固まった。

「あ……悪い……」

店員に対してつい凄《すご》んでしまったことに気づき、すぐに軽く頭を下げる。見習いが少し安堵した様子でわずかに首を横に振った。表情なんてわからないけど、おそらくホッとしていると思う。

「見習い君の言う通りですよ、宗田様」

マスターの一言で、気まずい空気が途端に消えていく。

「他人、もしくは親しくない相手にただ文句を言うのは非常に簡単です。関係性を顧《かえり》みることなく、一方的に投げつけて終わりですからね。逆に、少し友好的な関係にある相手なら、適当に話を合わせて肯定するのが最も簡単でしょう。反感を買う恐れもありませんし、双方嫌な気分にもなりません」

なるほど、と思った。宗田の周りには、後者が多かった気がする。

「しかし、親しい、もしくは信頼している相手に対しては敢《あ》えて厳しい言葉や突き放した態度をとる場合があります。それらの行動は時にお互いの関係性を壊しかねません。ですが、それでも伝えることが本当に相手のためだと考えるからこそ、心を鬼にして伝えるのではないでしょうか。そしてただ投げつけて終わるわけではなく、本当に相手のためだったのか自問し続けることになるのです」

よくわからないという顔をした宗田に、マスターは続けた。

「私にも、似たような経験がございます。幼馴染《おさななじみ》のペンギンが氷山の頂上から腹ばいで滑り降りようとした際に注意をしました、あまりに無謀だと。彼はその注意を聞き入れましたが、それ以降何事にも慎重になったのです。慎重になるのは、悪いことではありません。ですが、彼から冒険する心意気を奪ってしまったのでは、と考えてしまったのです。あの時の彼はもしかしたら怪我など恐れていなかったかもしれない。仮に怪我をしても後悔などしなかったかもしれない、と」

言われてみれば、注意しなかった場合の未来を見でもしない限り、何が正解なのかは誰にもわからない。

「ですが、ある時彼と飲み交わしている際に、言われました。『あの時止めてくれたから、行動の先を考えるようになった、ありがとう』と。そこでようやく、注意をしてよかったと思えた——と、私に幼馴染が言いました」

マスターの声は聞いていて心地のよいものだし、言っている内容もおかしくないと思う。

しかし『友人』のは、助言と言えるのだろうか。

アイツは、そんな覚悟を持って言ったのだろうか。

色々な気持ちが頭の中をぐるぐると巡り、だんだんと気分が悪くなってきた。

こんなに深く何かを考えたことがなかった。いかに自分が今まで適当に、その場しのぎで生きてきたのかを突きつけられている気分だ。

美味《うま》いはずのハイボールの味もわからなくなって、マスターやルカの言葉に適当に相槌《あいづち》を打っていた。

もったいないからとにかく全てを流し込んで、会計を済ませて席を立つ。

「またのお越しをお待ちしておりますね、宗田様」

また来ると伝えようとして、扉に手をかけていた宗田は振り返り、そして固まった。

カウンターの中にはペンギンとペンギンマスク男がいるが、それはもういい。

問題はカウンター席の二人だ。

ルカという女の座っていたところにはイルカがいた。

そう、イルカだ。海の中で自由自在に泳ぐ哺乳類《ほにゅうるい》だ。

更にイルカよりも奥に座っているのはキツネだ。

しかも彼女らは椅子に腰をかけ、どちらも服を着ている。ペンギンですら蝶《ちょう》ネクタイだけだったのに、全身服を纏《まと》っている。

あり得ない光景を目にして、宗田はひとり頭を横に振ってから扉に向き直った。

どうやら色々考えすぎたせいで変に酔ってしまったようだ。

全てを吹き飛ばすように勢いよく扉を開けば、生温《なまぬる》い夜風が頬を撫《な》でていく。

さっさと帰って寝るに限ると、宗田は忙《せわ》しく歩き出した。


「大学卒業されてから三年経っていますよね。この間は何をされていたんですか？」

「あ、はい。その時期は、病気になった母親の代わりに、家事を……」

当然、嘘だった。

母親は毎週テニス教室に通うくらい元気だし、家事だって普通にこなす。そもそも実家に帰ってなどいない。

何度も頭の中で反復して練習していたはずだが、まるきりの嘘を話す宗田の頬は引きつっていく。そして最後まで言葉にできない。

「なるほどねえ。今はお母様、お元気になったんですか？」

「は、はい。テニスとかしてます」

答えながらも、面接官の興味が失われていくのが見て取れた。もはや早く終わらせたいとばかりに、手でボールペンを弄《いじ》り始めている。

きっと宗田の嘘など見破っているのだろう。

「よかったですねえ」などと言っているが、心はこもっていない。もちろん嘘なので、こめてくれなくて構わない。

そのあとも当たり障りのない問答をして、面接は終わっていった。

相変わらず手ごたえなく、無機的で意味のない質問に答えるだけで終わってしまった。

空白期間がなんだってんだ。

その時に何をしていたかって、そんなに重要なのか。

必要なのは今のやる気だろうが。

考えながら、自分にやる気なんてあるのかと自問する。

そんなもの、多分ない。

自分には何もない。

やる気も、取り柄も、職歴も、財産も、何もない。

ただ『友人』を見返してやりたくて就活を始めただけなのだ。

「クソ……」

アイツに就活しろと言われてから、散々だ。

違う、それよりずっと前からだ。

全部全部、適当に生きてきたがゆえのつけだ。

わかっていてもそれを直視するのが辛《つら》くて、今も逃げ出したくなる。でもどこに逃げればいいんだろうか。

外は小雨が降っており、暑いような肌寒いような気持ちの悪い気候だった。ただでさえ沈んだ気分が余計に滅入《めい》る。

なんとか帰り道を辿《たど》り、気がつくと一昨日《おととい》のバーの前に立っていた。

温かい灯りに『BAR　PENGUIN』の看板が照らされている。

光に誘われる虫のように扉へ近づいて、引き開けるとカランッとドアベルの音がした。

「いらっしゃいませ、宗田様」

マスターの心地よくも渋い声が響いてくる。

名前を呼ばれると、なぜだか嬉《うれ》しくなった。よい声だから、だけではない。まるで自分を肯定してもらえているような気がするのだ。それがたとえ思い込みだとしても、今は何かが救いだった。

「どうぞこちらへ」

示されたのは一昨日と同じ席だ。

そこへ向かおうとして、宗田の足が止まった。

宗田よりも奥の席には先日と同じように先客がいる。しかも、イルカとキツネだ。二匹、いや、ふたりとも服を着て、カウンター席に座っている。それはもう、イルカやキツネであることを一瞬忘れそうになるくらい、完璧《かんぺき》に座っている。

これはまるで、あの日帰り際に見た幻覚のようではないか。

「あら、宗田君」

困惑する宗田に向かって、イルカが笑いかけてきた。声は先日話したルカと全く同じものだ。え、まさかイルカだからルカなのか。なんて安易な。

「何ボーっとしているの。座って座って」

「あ、はい」

マスターが示した横の席、つまりルカの隣の席を叩《たた》かれて、宗田は思わず座ってしまう。

ちらりと横目で見るがやっぱりイルカだった。一番よく見かける、全体が灰色で腹が白い、あのイルカだ。滑らかな皮膚は、なんだかゴムみたいに見える。

「もしかして、今日も面接ダメだったの？」

藪《やぶ》から棒に言われて、宗田は思わず肩を跳ねさせた。それでもう、明確な答えになっていたらしい。

「そっか。仕方ない、じゃあお姉さんが一杯おごってあげる」

「え、いや、いいっすよ」

「年下のくせに、遠慮しないの。ねえ、マスター」

慌てて手を振って断る宗田の肩を、ルカが叩く。叩いているのは手と呼ぶべきか、それともヒレなのか。

「いかがなさいますか、ルカ様」

「宗田君疲れているみたいだから、なんか温かいものを一杯お願い」

「かしこまりました」

酒で温かいといえば熱燗《あつかん》くらいしか宗田には浮かばない。今はそういう気分ではないと思ったが、ルカの厚意を無下にするのは憚《はばか》られた。

そんな暗い気持ちで待つ宗田の鼻を、なんだかよい香りがくすぐり始める。酒というより、料理のような香りだ。

「お待たせいたしました」

宗田の前に置かれたのは、持ち手の付いたグラスだった。なんだか湯気が立っているところを見ると、熱いものが入っているのだろう。

先ほどの香りの正体は、間違いなくこれだ。グラスからスープみたいな香りが漂ってきている。

「こちら、ブルショットというカクテルになります」

「え？　これがカクテル？」

透明な茶色い液体は、どう見てもただのコンソメスープだ。もしや、ペンギンと人間の感覚の違いってやつだろうか。

恐る恐る口を付けてみる。

コンソメのような香りと味が広がるが、その中にはしっかりと酒の味もした。塩気が程よく酒と合わさり、後味も濃厚に残る。

温度とスープのしっかりとした味、そしてアルコールが宗田の体を芯《しん》から温めてくれる気がした。ホッとする味というのは、こういうものを言うのかもしれない。

「ちゃんと、酒だ……美味い……」

宗田のつぶやきに、マスターだけでなくルカも微笑んだ。ペンギンとイルカだけど、微笑んでいるように思う。

「恐れ入ります。こちらはブイヨンスープに、ウォッカを入れるカクテルになります。冷製で出すことも多いのですが、本日は雨で少し冷えますので温製にいたしました」

「ありがとう、ございます」

マスターとルカ、ふたりへの感謝の言葉は、宗田の心の奥からあっさりと出てきた。こんな風に誰かに心から礼を述べたことなんて、いつ以来だろうか。

接客バイトをしていたって、マニュアル通りに言っていただけだ。『友人』にだって、言えばいいだろと思いながら口にしていただけだ。

つくづく、自分ってヤツはどうしようもない。

「こちら、チャームになります」

「どうも……」

差し出されたのは小皿に乗ったクラッカーだった。上には魚のマリネのようなものが盛られている。このブルショットに合うとしか考えられなかった。

一枚摘まんで口に放《ほう》り込む。サクサクのクラッカーと酸味のきいた魚は、それだけで調和が取れていた。そこへブルショットを口にしてみると、ある意味想像通りの味わいが広がっていく。

バーでカクテルを飲んでいるのに、まるで前菜を食しているかのようだ。

体が温まり、腹まで満たされていく。

そして宗田はそっと顔を上げた。

「面接、上手《うま》くいかないんす……俺、こんなに自分がダメなヤツって知らなかったっすよ」

何を言っているんだ。

こんな弱さを誰かに見せるなんて、あり得ない。

そう思うのにこの空間が居心地よくて、ふたりが話を聞いてくれて、ブルショットが美《お》味《い》しくて、つい言葉にしてしまうのだ。

「アイツから渡された金も、どんどん減って……これじゃ、就職する前に金がなくなりそうすよ」

今日も交通費で往復千円が飛んで行った。それなのにバーに来るなんてどうかと思うが、縋《すが》るような気持ちだったのだ。

「宗田様にとって、そのご友人はどのような存在なのですか？」

しばらくの沈黙のあと、マスターが穏やかに尋ねてきた。相変わらずの渋くよい声に、宗田は静かに顔を上げる。

マスターと目が合った。

何を考えているかわからない動物の目なのに、とても優しい眼差《まなざ》しに見えてしまう。最後にこんな風に見つめて貰《もら》ったのはいつだろう。なぜだか無性に泣きたくなった。

「……アイツは大学で知り合ったヤツなんすけど、最初は便利な人間としか思ってなかったんすよ……本当、俺、クズで、人は使うものってずっと、思ってたんす」

大学に入るまで、宗田は取り立てて苦労をしたことがなかった。

金はある、頭はほどほどによく、運動もできた。背もそれなりにあるし、顔だってそれなりだ。宗田の性格が悪くても、男女ともに誰かしらがいつも寄ってきた。

宗田が何か提案すれば、皆がそれをやろうとしてくれた。

小さな世界では、宗田が中心にいたのだ。

だから大学に入っても同じような感覚でいた。

「ノートを取らせたり、試験対策まとめさせたり、代返させたり……そうやっていいように使ってた」

免許を取ったと言われれば、旅行にも行った。自分は助手席で寝て、計画を立てるのも運転するのも、全部アイツだ。

「それでいいと思ってた。でも、気がついたら、俺の周りにはアイツしか残ってなかった……俺が何かやらかすと、注意してくるのはアイツだった。本気で注意してくれるのは、たったひとりしかいなかったんすよ……」

親には注意されたことがない。問題を起こしても「仕方ない」と言われ、事後処理を淡々としてくれた。金を無心しても「仕方ない」と言われ、就職しなくても「仕方ない」――まるで、宗田と向き合うのを止めてしまったかのようだ。

だから、就職しろと言ってきたのは、『友人』だけだった。

「どんな存在って……決まってる。大事な友達だ。この世界で俺のことを本気で心配してくれるのは、多分アイツだけなんだ」

軽く違法なことをしようとした時も、ヤバいものに手を出そうとした時も、宗田を叱り飛ばしながら止めてくれたのは『友人』だった。些細《ささい》な変化に気づいて声をかけ続けてくれたのは、『友人』だった。

無職でもクズでも、特に人様に迷惑をかけずにいられるのは、そのおかげだ。

「だから俺は、ちゃんとなりたい……ちゃんと、生きていきたい……」

視界が滲《にじ》んで、慌ててブルショットを飲んだ。

少し冷めてしまったが、相変わらず優しい味がした。

「あなたがそう思うってことは、友達も必ず大事に思ってくれているのよ」

ルカが宗田の肩をそっと撫《な》でる。ヒレか手か、なんてもうどうでもいい。誰かにそう言ってもらえるのは、宗田にとって何よりも嬉しかった。

「そうですね。仲間とはそういうものです。お互い持ちつ持たれつの関係ですから」

はなをすする宗田に、マスターがしみじみと言った。

宗田と『友人』の間は、一方的に搾取する関係でしかなかったのでは、とも思う。だけどマスターとルカに言われると、そうなのかもしれないと思えるのだ。

「そんな宗田様に、一つ私からカクテルをお出ししましょう」

「え、けど、あんまり高いのは……」

「あくまで私からの一杯ですので、ご安心ください」

マスターがカウンターの下から様々な道具を取り出した。

銀色の器に、卵の白身だけを器用に落としていく。本当、ペンギンのあの羽でどうやっているのかと思うくらい、器用に落とした。蓋《ふた》を閉めてから器を振ってすぐに手を止める。器へ何種類もの液体を手際よく足し、マスターが再び器を振りだした。

これがよく聞くシェイクというもののようだ。

体を軽く上下させながら、器がリズミカルに振られていく。どのように器を押さえているのかわからないが、よどみのない動きは熟練の技と言えそうだ。

なぜか動きを止めたかと思うと、氷を入れてまたシェイクが始まった。

シャカシャカと内部で氷と器のぶつかる音がバー内に響く。

それにしても、長くないだろうか。先ほどからマスターは止まることなくシェイクし続けている。

蝶《ちょう》ネクタイをしたペンギンが巧みにシェイカーを振る姿は、悪くない。だが段々とマスターの顔から表情が消えていくのが気になる。表情なんてわからないはずなのに、そう見えるのだ。

もしかして、とても疲れている？

止めた方がよいのではと思うくらい、次第にマスターの顔から余裕がなくなっていく。心配になってルカを見るが、彼女はいたずらっぽく笑っている。

「あ、あの、マスター？」

「はい」

シャカシャカ。

「まだ、振るんすか？」

「……はい」

シャカシャカ。

「そんなに振るもんすか？」

「…………はい」

シャカシャカ。

一言しか返さないのは、もしやそれくらいしか口にする余裕がないのだろうか。そう思えるほど、マスターは必死に器を振っている。無表情になりながらも、先ほどからフォームは変わっていなかった。

単調な動きにも思えるが、シェイクしているのがペンギンだから飽きがこない。

果たしてどれほど時間が経ったのか。

リズミカルな音が止《や》んで、マスターが器をそっとカウンターに置いた。

鳥が汗をかくのか知らないが、マスターの額に汗が浮かんでいるような錯覚を覚える。そうでなくても彼の胸周辺が激しく動いているのは、相当疲れている証拠ではないだろうか。

一拍おいてから器の蓋を開け、カウンターの上のグラスに注いだ。白い泡しか入っていないように見えるそこへ、炭酸水らしきものを足していく。

蝶ネクタイを少し整えたマスターが、グラスを宗田の前へと静かに置いた。どうやら先ほどまでのシェイクで、蝶ネクタイが少しずれてしまったようだ。

「お待たせ、いたしました。ラモスジンフィズ、になります」

平静を装っているが、マスターの声はいつもより響いてこない。お腹が大きく動いているところを見ると、息が上がっているのだろう。あれだけの間シェイクし続けていたのだから、当然か。

「ありがとうございます。いただきます」

真っ白にも見えるカクテルは上部に泡があるのもあって、なんだか窓の外の雪景色を眺めているようだった。

恐る恐る飲んでみる。

「美味《うま》い……」

思わず声が漏れた。

言葉では言い表せられないような、不思議な味だ。

まず感じられるのはレモンと思われる柑橘《かんきつ》系の酸味だった。それから舌の上に残るクリーミーさと優しい甘みが、きめ細かい泡に流されていく。最後に残る柑橘系の香りで、後味はとても爽《さわ》やかだった。

クリーミーで優しい甘みと酸味が見事にマッチしていて、濃厚なのにさっぱりしている。炭酸は確かに入っているが、刺激は少ない。口当たりがなめらかだと思うのは、きめ細かい泡によるものだろうか。

優しく不思議な味は、宗田にとって初めての体験だった。

「恐れ入ります」

マスターがこれまでにないほど爽やかな笑みを浮かべている。ペンギンの表情なんてよく知らないが、多分そういう感じだ。なんというか、達成感のようなものが見える。

「ラモスジンフィズというこのカクテルは、一八八〇年代に考案されたものです」

ずいぶんと古いカクテルなんだな、と思う宗田の前に、マスターが次々と瓶などを並べていく。

「こちらに使うのは、生クリームに卵白に、レモンジュース、ライムジュース……おわかりですか？」

最後に卵を一つカウンターに置いて、マスターが宗田をまっすぐに見てきた。何を訊《き》かれているのかわからず、宗田は目の前に並んだものを一つ一つ確認する。

生クリーム、卵白、レモン、それにライム、そこまで確認したところで、ふと一つ思い当たる。

「あれ……タンパク質と酸って、分離するんじゃなかったすか？　たとえばレモンと牛乳とか、分離しますよね？」

っている。


「その通りです」

マスターが嬉《うれ》しそうに頷《うなず》いた。

思わず宗田はグラスへ目を落とす。そこには、きれいに混ざり合った乳白色の液体が入っている。

「今回は先に卵白を軽く泡立てたのと、その後長時間シェイクすることで、分離するのを防ぎました。ですが、オリジナルのレシピではすべてを同時にシェイクしていたそうです。そのため、今回よりももっと長い時間シェイクをする必要がありました」

「今回よりも？」

マスターだって体感では数分と、かなり長い時間振っていたはずだ。それ以上に必要なのだろうか。

「はい。オリジナルレシピでは十二分、とあるようです」

「十二分？　そんなに長いこと振ってられるもんなんすか？」

宗田の疑問に、マスターが静かに首を振った。

「いいえ。ひとりではとても無理です。だからこそ、当時のバーテンダーは仲間同士交代してシェイクしたのだと聞いたことがあります。だからでしょうか、ラモスジンフィズのカクテル言葉は『感謝』だそうです」

「仲間……感謝……」

マスターが苦労してまでもこれを出してくれた気持ちが、伝わってくる。

素直に言えない言葉も、カクテルとともに飲み込めば言えるようになるだろうか。

考えながら、宗田はグラスに再び口を付けた。

「仲間って言えば、マスターって昔は結構やらかしていたみたいじゃない」

思わずむせそうになった。

目を見開いてマスターを見ると、彼はルカや宗田からフイッと顔を背ける。

「なんの話でしょうか」

「とぼけても無駄。この前の頂上から滑ろうとしたのって、マスターのことでしょ？　まるでマスターが注意したみたいな話し方だったけど、逆よね。だから最後『私に幼馴染《おさななじみ》が言った』って付け加えたのよね」

ルカの言葉を振り払うかのように、マスターは全身を勢いよく震わせた。羽をばたつかせながら頭から胴体、そして最後に長い尾を細かくブルブルッとさせていく。

「若気の、いたりです」

いつになくか細い声のマスターの姿に、なんだかこれまで以上に親しみが湧いてくる。

「そうよね、若いって本当に怖いと思うわ」

言いながら、ルカが宗田に優しく微笑んだ。まるでこれまでの行いは全部若気のいたりで、今ならまだやり直せるとでも言っているかのようだ。相手はイルカだけど、なぜかそんな気分になってくる。

泣きそうになりながら、宗田はラモスジンフィズを飲んでいく。柔らかい口当たりが、ひどく心地よい。

「ほかにも聞いたわよ、マスターの伝説」

「……はて、何かございましたでしょうか」

必死にごまかそうとしているマスターの姿が、次第にぼやけてきた。瞼《まぶた》が重くなってくる。

疲れた体にアルコールを入れたせいで、眠気がやってきたのだろうか。

だが、店で寝るなんて迷惑だ。

それにマスターやルカの話も、気になる。マスターの若気のいたりをもっと聞きたい。

寝てたまるかと思うのに、体は宗田を裏切っていく。

気がつけば、いつの間にか深い眠りに落ちていた。

ふと目を開けると、一面青い世界だった。

上も下もわからないような、深い青の世界。

上から差し込む光がキラキラと輝いて美しい。

いつまでも見ていたいくらいだったが、ふと気づく。

ここは、水の中ではないだろうか。ということは、もしかすると酔って水の中に落ちたってことだろうか——って、それはまずい。

宗田は思わずもがいた。とにかく水面まで上がらなければ、と必死になっている宗田の視界に何かが近づいてくる。

「どうかしたの？」

イルカだ。

ルカと同じ種だと思われるイルカが、宗田を覗《のぞ》き込んでいる。

だけど何か違和感が……と思ったら、ウェットスーツのようなものを着ているのだ。イルカが、水中で。

「い、いや……」

答えてみて驚いた。水中なのに、問題なく声が出る。そして息も全く苦しくない。

どうなっているんだと思いながら、宗田は自分の体を確認してみる。

イルカだ。

目の前で不思議そうな顔をしているヤツと同じ、イルカだ。しかもやっぱりウェットスーツのようなものを着ている。イルカにウェットスーツなんて必要なのだろうか。

状況から何から、全てが意味不明だった。もう、頭は大混乱だ。

少しでも冷静さを取り戻そうと、ゆっくりと体を動かしてみる。足がない分、尾ビレが動く。背中が動くと思ったら、そういえばイルカには背ビレがあった。

これでどうやって泳ぐのだろうか。考えたら、なんだか胸がワクワクしてくる。

「おお……っ」

水平になった状態で尾ビレを上下に動かしてみると、体が前に進んだ。

「なになに？　どこか行くの？」

動き出した宗田を、仲間らしきイルカが楽しそうに覗き込んでくる。

「ちょっと、泳ぐだけだ」

「いいねいいね、一緒に泳ごう。競争しようよ」

仲間のイルカが楽しそうに頭を上下に振る。

「ようい、どん！」

「え、ちょっ……」

宗田の返事を待たず、勝手に合図を出してイルカが泳ぎ出した。尾ビレを激しく上下させて、前へ勢いよく進んでいく。

ああやって動けばいいんだ。

天啓を得たとでも言わんばかりに、宗田も尾ビレで強く水を蹴《け》った。途端、面白いくらいに体が前へ進んだ。

海の中の景色は変わらないかと思ったが、視界に入ってくる魚の数や種類には変化がある。海中を自由自在に泳げることが、こんなにも気持ちを高揚させるとは思ってもみなかった。

「わあ、もう追いついてきた」

夢中になっていると、仲間のイルカの横に並んだ。するとすぐに横で嬉しそうに頭を上下に振ってきた。一緒に泳ぐのがそんなにいいものだろうか。

ひとしきり海中を堪能していると、次第に腹が減ってくる。イルカは魚を食べると宗田も知っていたが、果たしてこのイルカたちはどうなのか。海で捕食して食べるのだろうか。それとも陸地に上がってから調理して食べるのだろうか。

考えること自体がバカバカしいはずなのだが、ウェットスーツを着るようなイルカたちだ。宗田の想像の上を行ってもおかしくない。

とはいえ、宗田の空腹感は次第に強くなってくる。イルカなら生魚を食べても問題などあるわけがない。そう信じて、食べられそうな魚を探すことにした。

尾ビレを動かし魚の群れを探していると、ずっと先に何かの大群がいることに気づいた。

「どうしたの？」

仲間が尋ねてきたが、構っている余裕はない。今すぐ行かなくては魚がどこかへ行ってしまうかもしれない。

懸命に尾ビレを上下に振り、宗田は速度を上げる。流線形の体形のおかげか、水の抵抗はほとんど感じなかった。

海中で銀色に輝くもの——あれはきっと、イワシだ。なぜだか確信を持てた。

「待って！　それ以上は危ない！」

後ろからついてくる仲間がなぜか止めてくるが、聞き入れるつもりはない。

「ねえ、本当に危ないんだってば！　ねえ！」

仲間の声がだんだんと必死さを帯びてくる。しかし、すぐそばに迫っている魚の群れに気をとられ、その理由を考えようともしなかった。

もう少しだ。もう少しで飯にありつける。

銀色に輝く魚たちを見ているだけで食欲をそそられる。本能を刺激してくると言ってもいいくらいの高揚感だ。

力を振り絞って魚の群れに飛び込んだ。

まずは一匹、捕食する。そのまま食べるのは当然初めてだったが、なかなかに美味だった。もしかしたらイルカになっているからかもしれない。

「逃げて！」

二匹、三匹と食べていると、仲間の切羽詰まった声が響いてきた。

逃げてって、まさか魚に向かって言っていないよな。

なんて考えながら更に魚を捕まえようとした、その時だ。

急に魚が周囲に寄ってきた。いや、寄ってきたのではなく、寄せられてきたという方が正しかった。気がつくと、魚たちがこれでもかというくらいに押し迫り、宗田を圧迫していく。

何が起こったのか、しばらくして理解できた。

網だ。イワシの群れを狙った漁網に捕獲されてしまったのだ。

慌ててもがいても、魚群の中から網のすぐ横に移動できただけだった。

「大変だ……待ってて！」

網の向こうの仲間が超音波のような不思議な声を出してから、網に喰らいついた。

「な、何を……」

自分を助けるために、必死に網を噛《か》んでいる。網が皮膚に食い込んでも、止めようとはしなかった。

「お、おい。お前が痛いだろ、もういい。もういいから」

自分で噛もうと思っても、圧迫されて口が開かない。だから口をわずかに開けて話すのが精いっぱいだ。

「ダメだ。あきらめない！　君は僕の仲間だから！」

「仲間……」

宗田に向かって強く言い放ち、イルカは無我夢中で網を噛み続けている。少しずつ傷んできているように見えるが、やはり一匹ではどうにかなる気がしない。

なら、コイツがこれ以上傷つく前に……。

そう思う宗田の視界に、何かが高速で近づいてくるのが見えた。

「お、おい。何か来るぞ。ヤバいかもしれない。さっさと逃げろ！」

あれがサメやシャチなどだったら、コイツはかっこうの餌でしかない。

「大丈夫だよ」

だが、イルカは平然としていた。

「ダメだ！　お前は逃げろ……って、あれは……」

絶望を感じ始めた宗田だったが、ようやく仲間の言葉の意味を理解した。

こちらに向かってくるのは、たくさんの仲間たちだ。

「絶対助けるから、大丈夫」

そう言って笑ったイルカの顔には、網でいくつも切り傷ができていた。

「なんで……俺なんかのために……」

制止を振りきったのは自分だ。なら、見捨てられたって仕方がないはずだ。

「やだなあ、さっきから言ってるだろ。僕らは仲間だから、助け合うんだ。理由なんて、それで十分だろ」

そういうイルカの表情は、とても力強く、頼もしく見えた。


気がつくと、見慣れた天井があった。

勢いよく上半身を起こして周囲を見回したが、そこには水も海もない。宗田にとって慣れ親しんだ、自分の部屋だった。

「夢……そりゃ、そっか」

すごく不思議な夢だった。だが、ひどく現実感のある夢でもあった。

海で泳ぐあの感覚は、今でもまるで現実のものとして思い出せる――魚の味も、魚に押しつぶされた感触も、そしてあの網の感触も。

仲間を置いてきてしまったような、妙な焦りと喪失感が心の中にあるが、あれが現実なはずないのだ。

すうっと深呼吸をして、気がついた。どうやらスーツのままで寝てしまっていたらしい。

慌てて起き上がり、スーツを脱ぐ。

長押《なげし》に引っかけたハンガーにかけて、皺《しわ》取りスプレーを万遍なくかける。少し引っ張るようにして伸ばすのがコツなのだと、そういえばずいぶん前に『友人』が言っていた。

宗田は目の前のスーツを眺める。

『友人』の言う通り、皺は伸びてくれた。これなら面接に行っても悪目立ちなどしないだろう。

昨日はもう、面接なんて行かないと思っていたのに、スーツの心配をする自分になんだか笑えてくる。

だが、クリーニング代や交通費、写真代から履歴書代。全部、『友人』が置いて行った金から捻出《ねんしゅつ》したものだ。

もちろん返す気はあるが、アイツだってさほど余裕のある生活をしていないはずだ。その中からの五万円というのがどれほど価値のあるものか、今になって理解し始めていた。

状況は少し違うが、なぜか夢の中のあの仲間と『友人』の姿が重なる。ふたりとも宗田のために必死になってくれた。無職なのも網にかかったのも、もとをただせば宗田の自業自得でしかない。それなのに、彼らは見捨てなかった。

そもそもなぜあの日、『友人』は五万円も財布に入れていたのか。きっと初めから宗田に発破をかけたかったのだろう。もしかすると、金を借りたいと言い出すことすらお見通しだったのかもしれない。

『いいご友人ね』とルカに言われた時は、素直に受け入れられなかった。だが、宗田は間違いなくいい友人を持ったと、今ならはっきり言える。

クソみたいに生きてきた自分が唯一自慢できるものかもしれない。

だから——宗田は再びスーツを見つめた。

たった一着しか持っていないスーツは、この一週間で何度も着たが、あまりくたびれて見えなかった。恐らく親がそれなりに上等なものを用意してくれたのだろう。

今までの宗田は、そういうことすら見えていなかった。誰かの優しさも、誰かの気遣いも、何もわかっていなかったのだ。

何が何でも就職してやろうと思った。渡された金も、スーツも、無駄になどしてたまるか。

もう取り繕うのも止めよう。空白期間で嘘をつくのも止めよう。

素直に自分がダメなヤツだったと認めて、やる気を伝えることにしよう。

少し前までやる気なんてないと思っていた。だが、なぜか今はやる気がどんどん溢《あふ》れ出ているような気がする。

自分の足でちゃんと生活できるように、とにかくまずは職探しだ。

きっと正直に話したら敬遠してくる企業もたくさんあるだろう。

だからなんだ。今の宗田に何もないのは事実だ。それと向き合わずして何かをつかみ取るなんてできるわけない。

「よし、やるか」

気合を入れるように、宗田は自分の両頬を軽く叩《たた》いた。

就職を決めたら、『友人』に会いに行こう。

五万円を封筒にしっかり入れて、思う存分伝えよう――これまでの感謝を。

それから、二人で一杯飲みに行こう。

何度見ても、カウンターに座ったお客の姿が消えていくのには驚かされる。

今も宗田の消えていく様を、少し呆《ほう》けた顔で見習いは見送っていた。

「ここはあくまで、人間の世界とは別次元に存在するバーですからね。お客様が深い眠りにつかれると、本来ある場所に戻っていくのです」

見習いの心を読んだかのように、マスターが静かに説明してくれたが、理解できるようでよくわからない内容だ。けど、そもそもここは不思議に満ち溢れているバーだ。そういうものなのだと思えばいい。

「さて、見習い君。今回の宗田様の件はいかがでしたか？」

酒瓶を一つ一つ拭《ふ》きながら、マスターが尋ねてきた。

なんでペンギンなのに酒瓶を落とさずに片羽で持てるのかいまだに謎だが、もう慣れてしまった。

「ええっと……宗田様は明確な目標を持って前を向くことができたので……ありきたりな言葉ですが、よかったと思います。きっと、ご友人も喜ばれるのではないでしょうか」

見習いの言葉に、マスターが頷《うなず》いた。その表情には、まるで包み込むような優しさがあった。

「そうですね。ただなんとなくで行っている就職活動と、なんらかの覚悟を持っての就職活動では、与える印象も変わってくるでしょう。そう遠くない未来に、宗田様の可能性を見出《みいだ》す企業が現れますよ」

そう、マスターは断定した。まるで見てきたかのように、力強い言葉だった。

「よかった……ちゃんと、報われるんですね」

「ええ。頑張っていれば、見ている人はちゃんと見ているものです」

マスターが優し気に目を細めた。

努力すれば必ず報われる、とは限らない。だけどマスターが言うのなら、なんだかそんな気がしてくるのだから不思議だ。

「さあ、また次のお客様がいらっしゃいますよ」

「はい、マスター」

四杯目　親心と兄心とモスコミュール

浅倉憲人《あさくらけんと》は重い足取りで目的地へ向かっていた。

正直に言えば、今すぐにでも引き返してしまいたいくらいだ。しかし踏ん切りがつかないまま、気がついたら到着していた。

ファミリーレストランの灯りをぼんやりと見上げる。

きっともう来ているんだろうけど、会いたくないな。

心で思ってみても、体は自然と入口へ続く階段を上がり始めてしまう。

扉を開けてレストラン内に入ると、すぐにその姿を見つけた。

窓辺のボックス席でぼーっとしているのは、間違いなく憲人の兄だ。相変わらず表情が乏しく、何を考えているかわからない顔をしている。

あの顔でいつも正論を突きつけてくるから、憲人は兄が苦手なのだ。

「なんで進学しないんだ」

高校三年の時、進路希望の紙に「就職」と書いたのが見つかって、兄は眉間《みけん》に皺を作りながら訊《き》いてきた。

「別に、やりたいこともないし、行っても無駄だと思っただけ」

六つも上だからか、兄はいつも偉そうに上からものを言ってくる。

「お前にはまだわからないかもしれないけど、大学行った方が就職の幅が広がるよ」

ほら、まただ。いつも「お前にはまだわからないかもしれないけど」から始まって、兄の思う正しい話が始まるのだ。

六つという年の差は、強力だ。

憲人が幼稚園児の時に両親を事故で亡くし、それ以来祖父母と兄によって育てられてきた。

まだ両親の死が現実のものとして受け入れられなかった憲人と違い、兄はすんなりと受け入れたと祖母が昔言っていた。

「お兄ちゃんは、あなたの面倒をずっと見ていたのよ」とも言っていたけど、さすがにそれは憲人だって覚えている。

祖母が体の弱い人だったのもあり、宿題を見てくれるのも、おやつを用意するのも、具合の悪い憲人を学校まで迎えに来るのも、ほとんど兄だった。

でも、特に感謝をしたことはない。

だって憲人には両親の記憶がほとんどない。小さかったからというのもあるが、二人を同時に失ったショックで色々と忘れてしまったようなのだ。それでも残ったほんの少しの記憶と、残された写真だけが憲人にとっての両親のすべてだ。

兄は違う。小学校高学年だったこともあって、記憶も、思い出もたくさん持っている。両親との写真だってたくさんある。嫉妬《しっと》というより、ずるい、と思う気持ちが出てくるのは自然なことだ。

そんな兄が憲人の面倒をみるのは当然だと思う一方で、毎度毎度細かく口出しされるとうんざりもする。

六つ年上というのがそんなに偉いのかと、これまで何度も悪態をついた。しかし、実際その分賢さも経済力もあるので、言いくるめられたり実力行使されたりしてしまう。だから、兄の正論が始まるといつも憲人はうんざりするのだ。

「やりたいこともないって、言ってるだろ！」

強い口調で言い放っても、兄の表情は変わらない。いつもみたいに何を考えているかわからない顔だ。

「もし学費のことを心配しているなら……」

「そんなんどうでもいいんだよ！」

そう、学費のことなど考えたこともなかった。

もし憲人が大学に行きたいと言えば、貯えがなくても兄は何がなんでも学費を用意するだろう。そういう人間なのだ。

これまでもずっと、兄はまるで憲人のために生きているようだった。

「まだ時間はあるし憲人は成績もいいんだから、もう少し考えた方がいい」

背中越しに、いつものトーンで兄が言ってくるのが妙に疎ましく感じられた。

それから憲人はがむしゃらに就職活動を開始した。

働く理由を家庭の事情と言えば、大抵の会社が理解や同情を示してくれたものだ。おかげで、高卒の割には厚遇な職場に就職が決まった。

待遇だけで選んだ職場だったが、意外にも性に合っていたらしい。数ヶ月も経つと、仕事に対してやりがいも感じたし、楽しいとさえ思うようになっていた。

それに社長夫妻はとても優しく、いつでも気にかけてくれる。娘しかいないせいか、憲人を息子のようにかわいがってくれるのだ。少しくすぐったい気持ちもあるが、純粋に嬉《うれ》しさもある。両親がいたらこんな感じなのかな、と思わせてくれるのはありがたかった。

そんな頃だ、兄から突然話があると言われたのは。

「もう、このアパートを引き払おうと思う」

初めは何を言われているか理解できなかった。

両親を亡くしてからは祖父母の家で育ってきた。その祖父母が相次いで他界したのは、憲人が高校に入ってからだ。当時大学を卒業し働きに出ていた兄は、祖父母からの遺言通り家を売りに出し、憲人と二人でアパートに引っ越してきた。

2DKの部屋は特筆するようなことは何もない、普通の部屋だ。それでも数年住んでいれば愛着は当然湧く。

「なんだよ、それ……」

また勝手に決めて、と言いたくなったが堪《こら》える。

「憲人も仕事に慣れたみたいだし、そろそろ一人暮らしを始めてもいい頃だ」

淡々と兄が言葉を紡いでいく。こういう時はもうすでに決定事項なのだ。たとえ憲人が反対したって、暖簾《のれん》に腕押し。どうせ初めからこちらの意見なんて聞いていない。

奥歯を噛《か》みしめる憲人に向かって、兄は何かを差し出した。

「これ、お前の通帳。じいちゃんばあちゃんの遺産が入っている。それほど多いわけじゃないけど、引っ越し資金に役立てるといい」

通帳には憲人の名前が記されている。そういえばこれまで祖父母の遺産の話を聞いたことがなかった。ただ兄のことだからきちんと半々、もしくは憲人の方が多いくらいで分けてあると信じられた。

受け取って開いてみると、自分の年収よりも多いくらいの額が記載されている。引っ越し費用がいくらかかるかは知らないが、足りないということはないだろう。

「来月までに引っ越し先見つけて。それに合わせて俺も引っ越すから」

そこで、話は終わりだった。

憲人を即退去させるような真似はしなくとも、これは強制なのだ。また勝手に決められたことに、正直言って不満しかない。

だけどもう兄の決定が覆らないことはよくわかっていた。

結局、憲人は社長夫妻を頼りつつも、職場からほど近い場所に部屋を見つけることができたのだ。必要な家電も職場の先輩が譲ってくれたり、引っ越し作業も周囲の手を借りたりして、手早く済ませられた。

これまで恵まれなかった分、恵まれ始めたのかもしれない。そう思えるくらい、とんとん拍子で引っ越し問題は片付いた。

しかし片付かなかったのは、それからの生活だ。

同居していた時、いかに自分が家事をしていなかったかを気づかされた。

掃除も洗濯も料理も、いざやり出すとなかなか手が回らない。ごみを出しただけでやった気になっていた自分を恥ずかしく思えるほどだ。

料理だって作ればいいだけでなく、調理器具の片づけまでしなくてはいけない。食べたら食器も洗わなくてはいけないし、付随する仕事は多々あった。

掃除もそうだ。自分の部屋しか掃除してこなかったが、トイレや浴室だけでなく、玄関やベランダだって放置してばかりではいられない。

仕事をしながらこれらをこなしていた兄を、少しだけすごいと思った。いや、嘘だ。かなりすごいと思った。

とはいえ、さすがに何ヶ月も一人暮らしをすれば、慣れてくる。何よりどこをどの程度手抜きすればいいかわかってくるのは大きい。

そうして一年以上独りで暮らし、仕事も生活も、全てが軌道に乗ってきたように感じられた。

兄から呼び出しがかかったのは、そんな時だった。

待ち合わせ時間を少し過ぎていたが、ファミレスで待たされている兄は時間を確認しようともしていない。まるで憲人が遅れることくらい、初めからわかっているかのようだ。

最後に会ってから半年は経とうとしている。その間、充実した生活を送っていたおかげで忘れていたが、久しぶりに見てもやはり兄は兄だ。まだ話してもいないのに、自分が手の平で転がされているような感覚になってしまう。

だけど、憲人だって社会人二年目になった。もう数日で成人するし、自立した大人と言っても差し支えないはずだ。どんな話を振られても、きちんと自分ですべて選び取れる。

意を決して、憲人は兄に近づいていった。

「あ、憲人。早かったな」

何が早かった、だ。約束の時間から十分は経っているではないか。

「まあ、近いし」

適当に答えてから、兄の対面に座った。

「飯、まだだろ。なんか頼んだら」

「ああ……」

近くで見ると、兄はどことなくやつれているように見えた。もともと元気はつらつというタイプではないが、頬がややこけて、クマも目立つ。

仕事が忙しいのだろうか、と考えて、だからなんだと打ち消した。そもそも忙しいなら自分と会う時間なんて取るはずがない。

憲人がデミグラスハンバーグとライスのセットを頼むと、兄は焼き魚定食を頼んだ。相変わらず憲人と違い、和食が好きなようだ。

運ばれてきたハンバーグからはもくもくと湯気が出ており、それが食欲を誘う。兄と食事なんて食べる気にならないと思っていたが、目の前に出てくると途端に口内で涎《よだれ》が出てくる。なんだかんだ、仕事を終えて腹が減っているのだ。

ハンバーグにナイフを入れると、ジワッと肉汁が出てくる。鉄板の上でデミグラスソースと肉汁が音を立て、二つの匂いが胃を刺激した。

ぎりぎり食べられる熱さのハンバーグを口に入れると、予想通りの味が口の中に広がる。別にいい肉でもないし、デミグラスソースだって特別な味ではない。よくあるファミレスの味だが、憲人にとってはご馳走《ちそう》だ。

添えられているニンジンとブロッコリーを避《よ》けながら、食べ進めていく。彩りという概念はわかるが、正直お飾りの野菜は食べる気にならない。というより、憲人は野菜全般が苦手だった。

「それ、食べないの？」

こっそりやっているつもりでも、兄にはお見通しだったようだ。オレンジと緑色の物体を指されて、憲人は遠慮なく口を曲げた。

「別に、食いたくないし」

「ちゃんと食べなよ。栄養バランス偏ると、体調崩しやすくなるし。憲人は、昔から丈夫な方じゃないんだから」

「普段食べてるからいい」

まるっきりの嘘ではない。社長夫妻の家に招かれた際には、何を出されても食べるようにしている。招かれるのは月に一度か二度くらいなものだが。

「ならいいけど……睡眠は？　ちゃんと寝てる？」

無表情の兄が、わずかに眉《まゆ》を寄せる。

「寝てるよ」

つい語気が強くなる。

久しぶりに会ったのに、どうして兄はこうなんだ。

訊《き》かれるのは、ちゃんと食べているか、ちゃんと寝ているか。それから、仕事は楽しいか、何か困ったことがないか、と続く。

自分はもう、立派な社会人だ。兄と同じ社会人だ。

自分で稼いで、ひとりで暮らして、それで何が不満だっていうんだ。

「疲れた顔してるから、ちょっと気になって」

何が疲れた顔だ。

そんなの、兄の方がよほど疲れているように見える。自分のことを棚に上げて心配されても、素直に受け取れるわけがない。

「疲れてないし」

急いで残りのハンバーグとライスを口に運び、飲み込んだ。冷めたからではなく、味なんてしなくなっていた。

早くこの場を立ち去りたかった。

兄の様子を見ていると、別に何か用事があったわけでもなさそうだ。毎度こんな空気になるのに、なぜ兄は憲人を呼び出すのか理解できない。

「憲人、何か困っていることはないか？」

ほら出た。

兄が家を追い出したくせに、困っていることはないかと訊いてくるのはおかしいではないか。

メールだってなんだって、いつでもそうだ。他に弟に話す内容はないのか。

思えば、この兄と楽しく会話した記憶がない。おかげで年上の人と話すのが苦手だと思い込んでいたが、違う。

こんな風に会話が続かないのも、やたらと苛立《いらだ》つのも、全部兄とだけだ。

なんで、こうなるのだろう。

口を開けばいつも同じ会話ばかり。

兄だって、楽しくないはずだ。

「うるさいな」

気がついたら、そんな言葉が口から飛び出していた。

兄の表情が、僅《わず》かに変化する。

「いっつもいっつも、栄養だの、睡眠だの、困ったことだの、本当なんなんだよ」

一度堰《せき》を切った言葉は、どんどん加速していく。

「なにが『お前にはまだわからないかもしれないけど』だよ。なんでいつも大事なこと勝手に決めてんだよ。家を売った時も、アパートを出る時も、いつもいつも事後報告でさ！」

一度も相談なんてされたことがない。

そんな相手に、何を相談しろというのだろう。

兄自身が心の内を見せてこないくせに、憲人には見せろなんて虫のよい話ではないか。

「親にでもなったつもりかよ？　たかだか六つ上なだけで、俺を育てた気でいんのかよ！」

周囲が一瞬シンッと静まり返る。

そういえば、ここはファミレスの中だ。

途端に頭は冷えていくが、苛立ちが消えることはなかった。兄の顔を見ないまま静かに席を立ち上がる。

「……もう顔を見るのも不愉快だし、連絡してくんなよ」

一瞬だけ視界に入った兄は、これまでで一番悲しそうに笑っていた気がした。振り返りそうになる気持ちを抑えて、憲人はファミレスをあとにする。

生温《なまぬる》い夜風が頬を撫《な》でる中、歩きながら勢いでSNSの兄をブロックした。

連絡をしてくるな、とは言い過ぎただろうか。

一瞬考えたが、打ち消すように憲人はひとり頭《かぶり》を振った。言う必要はなかったかもしれないが、先ほど出た言葉は全てずっと心で思っていたことだ。いつかは伝えるべきだった。

だけど、一瞬見えた兄の表情が頭から消えない。

あんな顔は初めて見たような気がする。

これまでも反発してきたし、悪態くらい幾度となくついてきた。だから今回のがさほど特別なことでもないと思う。

なのに、あの反応はなんだろう。

口元は笑っていたが眉は下がり、目には悲しげな光が宿っていたような気がする。嫌な想いをさせられたのは憲人なのに、なんで別れてからもこんな気持ちにさせられなくてはいけないのだ。

もう兄のことなど考えたくない。だけど嫌になるくらいにこびりついて離れない。

先ほどはほぼ夕飯を味わえなかったので、コンビニで夜食を買ってから帰ることにした。

イライラしながら帰宅し、ハンバーグののったロコモコ丼を平らげる。

気を紛らわせようと、スマホでゲームでもやろうかと思ったその時だ。

スマホの画面が着信を知らせた。

表示された番号は登録のない同じ市外局番のもの。

職場やその他使用する番号は登録してある。だから登録外の固定電話番号は、普段ならあまり出ない。

だけど、なぜか胸騒ぎがする。

エアコンのきいた室内では肌寒さを感じるくらいなのに、じっとりとした汗が額に浮かんだ。

微《かす》かに震える指で通話ボタンを押す。

「……はい、浅倉です」

声も、電話を持つ手も震えていた。

「こちら鳥町《とりまち》総合病院の……」

聞こえてくる声が、次第に遠のいていくように感じられた。

何もかも、現実味がなくなっていく。

もはや自分が立っているのか座っているのかもわからない。

視界が、世界が、歪《ゆが》んでいくような感覚に陥り、気がついたらスマホから手を放していた。


今日も、憲人は鳥町総合病院へやってきた。

平日は仕事を終えてから、週末は予定の合間に足を運ぶのが習慣になりつつある。

兄が交通事故に遭って、もう十日が過ぎていた。ファミレスで会った晩の帰り道、横断歩道を渡っていたところを車にはねられたのだ。

幸い、加害者の車の同乗者が冷静だったようで、すぐに警察と救急車を呼ぶという対応をしてくれたようだ。だから兄は事故発生からさほど時間をおかず、鳥町総合病院へ運ばれた。

はねられたことによる打撲はあるものの、骨折などの大きな怪我はない。

だが、頭の打ちどころがよくなかったらしい。

おかげで事故に遭ってから今日まで、兄は意識を取り戻さないままだ。ＣＴやＭＲＩなどの精密検査もしたが、特に異常は見られないと説明を受けた。それでも、この先目覚めるかどうかは全くわからないのだという。

夜間見舞いの手続きを済ませてから病室に入ると、消毒液のような匂いが鼻腔《びこう》を刺激した。

ピッピッと、個室内には定期的な電子音が響いている。薄暗い中、呼吸器やら点滴やらに繋《つな》がれた兄がベッドに横たわっていた。

「顔の腫《は》れ、引いてきたな……」

事故からしばらく顔には青やら赤やらのあざがあり、腫れもあった。しかしそれも今はずいぶんときれいになってきている。

意識はないのに外傷は治っていく。それはなんだか、とても残酷なことのように思えた。

だって兄はまるで、ただ寝ているかのように見える。

すぐにでも起きて憲人に「顔色悪いけど、何かあった？」と尋ねてきそうだ。

いつもみたいに、乏しい表情で。

いつもみたいに、平坦《へいたん》な口調で。

「なあ、兄ちゃん……いい加減、目覚ませよ……」

遠慮がちに兄の手の平に触れながら、憲人は絞り出すようにして声をかける。だが、やはり何も反応はない。

この十日間同じように呼びかけてきたが、瞼《まぶた》や指が動くなどの反応もすることはなかった。

「俺、三日前に二十歳になったよ。飲みに行こうって、言ってただろ……なあ、兄ちゃん」

掠《かす》れた声が、静かな室内に響いた。

応《こた》えはないとわかっているのに、話しかけてしまう。

期待しては辛《つら》いだけだと理解していても、もしかしたら今日こそ目を覚ますのではないかと思ってしまう。

このまま別れがきたら、あんな一方的な会話が兄との最後の会話になる。それが憲人には耐えられそうになかった。自分でもう連絡をしてくるなと言ったくせに、激しく後悔している。

虫のいい話だと思ってても、一方的ではなくてちゃんと兄と話したいと願ってしまう。

何を話せばよいのかもわからないけど、もう少し自分から本心を言葉にしてもよいのではと、今なら思うのだ。

だからこそ、毎日のように病院へ足を運んでいる。憲人が来ることで、話しかけることで、少しは刺激になるのではと、期待しているのだ。

しばらくベッドの横で立ち尽くしていたが、時計を見るともう三十分以上が経とうとしている。

「また、明日《あした》来るから」

眠ったままの兄にそう告げて、憲人は病室をあとにした。


病院から出ると、生温かい風が憲人の頬を撫でていく。

兄の事故については、職場にも報告してある。社長夫妻はまるで自分のことのように心配してくれて、それから必ず夕飯を持たされるようになった。憲人が食べなくなったりしないか、気にかけてくれているのだろう。

確かに、最近食事をするのも億劫《おっくう》になってきている。先輩に無理やり昼ご飯に連れ出されたり、社長の奥さんから弁当を渡されたりしなければ、食べるのを忘れそうだ。

でも家にひとりでいると、なぜだか食事が怖くなる。

自分はひとりなのだと、兄がいなければ天涯孤独になってしまうと、妙に実感してしまうのだ。

だからもらった弁当やおかずは、全て公園などで食べて帰ることにしていた。

自分でもおかしいと思う。だけど毎食しっかりとらせる兄だったからか、家で食べる食事には思い出が付きまとって離れない。公園でなら、むなしさがあっても思い出に呑《の》まれることなく食事を済ませられるのだ。

今日も貰《もら》ったおにぎりを、帰り道の公園のベンチで食べることにする。すっかり夜を迎えたこの時間、静まり返った園内には誰もいない。余計に孤独を感じそうな場所でも、憲人にとっては無になれる場所だった。

街灯に照らされた青々とした葉が風で揺れる音だけが、聞こえてくる。

全てを流し込んでから水筒の冷たい麦茶を飲むと、体がスッと冷えていく。

「帰ろ……」

静かに立ち上がり、憲人は自宅へ向かって歩き出す。

土曜日の明日は特に予定がない。このまま家に帰って、寝て、起きて、それから兄の見舞いに行って……それで、また反応のない兄に話しかけるのだろう。

次第に足が重くなっていく。アスファルトの上なのに、まるで沼地を歩いているような気分だ。

家までさほど距離はないが、永遠にたどり着かないのではないかと錯覚を覚える。

心なしか視界まで歪み、息苦しさまで感じ出し、憲人は足を止めた。

たった一歩を踏み出すことが、ひどく苦しい。これ以上歩けないのではないか、と思いながらふと視線を上げる。

宵闇の中、赤みを帯びた優しい光に何かの看板が照らされていた。

「BAR《バー》 PENGUIN《ペンギン》……？」

ぼんやりと浮かび上がるように存在する看板には、そう書いてある。

数日前に二十歳になったばかりの憲人は、当然バーなど入ったことがない。だけど今の憲人には看板がまるで砂漠で見つけたオアシスのように見えるのだ。

重たい足で必死にバーの前まで近づいていく。すると、今度は立て看板が目に入った。

『あの人と話す前に、一杯飲みながら練習していきませんか』

とても美しく、そして優しい字でそう書かれている。

バーで話す練習というのはどういうことなのか、さっぱり想像できない。けれど憲人は看板から目が離せなくなっていた。

誰も自分を知らない場所でも、少しは話を聞いてもらえるのだろうか。

何かに期待するようにして、憲人は一歩踏み出した。木製の扉に手をかけ一気に引き開けると、ひんやりとした空気が頬を撫《な》でていく。

カランッとドアベルの音が響く中、店内に足を踏み入れる。

まず目に入ったのは、左手に延びるカウンターだった。ドアと同じような色の木製のカウンターには、八席あるようだ。右手には二人掛けのテーブルが二つあり、こぢんまりとした印象を受けた。

カウンターの上から吊《つ》り下げられた味のあるライトが、優しく周囲を照らしている。空気は冷たくても、憲人を包んでくれるような雰囲気だった。

「いらっしゃいませ」

渋く、よく通る声が聞こえてくる。近くで聞いたら全身が震えるのではと思えるような響きと厚みのある声だ。

自然に声のした方を見て、思わず憲人の体は硬直した。

カウンター内に立っているのは、どう見てもペンギンだ。しかもご丁寧に蝶《ちょう》ネクタイをつけている。黒い頭と背中に、白いお腹。顎《あご》に一本の線があるのは、確かヒゲペンギンという種類ではなかっただろうか。

そういえばこのバーの店名はＰＥＮＧＵＩＮだった。だからきっと、看板ぬいぐるみでも置いているのだろう。

「どうぞこちらへ」

しかし憲人の視界の中でペンギンの羽が、まるで一席を指し示すかのように動いた。その動きは滑らかで、作り物のそれではなかった。

動き出せないでいる憲人を、ペンギンが焦げ茶色をした円《つぶ》らな瞳《ひとみ》でジッと見つめてくる。

「お客様、どうかされましたか？」

今、声がした時、クチバシが動いていなかっただろうか。もしかして精巧なぬいぐるみの腹話術かとも考えたが、あの体の艶《つや》やかさは本物に見える。

困惑する憲人の前で、ペンギンがゆっくりと瞬《まばた》きをした。ヒゲペンギンの目を瞑《つむ》っている正面顔は、ちょっとブサかわいいと思う。

「い、いえ……」

いつまでも立ち尽くしているわけにもいかないと、憲人はペンギンに案内された席へ腰をかけた。少し高さのある木製の椅子は硬いのに、座ると妙にフィットする。もしかしたらそのようにデザインされているのかもしれない。

「おしぼりをどうぞ」

先ほどまでと違う声がして、憲人は手を伸ばしながらそちらへ視線を向ける。

そして再び、硬直した。

カウンター内にいるのは、ペンギンのマスクを被《かぶ》っている人間だ。それもコウテイペンギンのヒナのマスクだが、被っているのはどう見ても子供ではない。バーテンダーのようなスーツを着用しているところから見ても、成人している男のはずだ。

ここのバーは、色物バーだったのか。どん底の気分だったのでついつい入ってしまったが、どうやらとんでもない所へ来てしまったようだ。

ただ、受け取ったおしぼりの冷たさはよかった。

汗ばんでいた指先が冷たいおしぼりによってすっきりした。そのおかげで、混乱していた頭も少し落ち着き始めている。

とりあえず一杯だけ飲んで、それから決めよう。

「メニューをご覧になりますか？」

ちょうどよいタイミングだったので自然に頷《うなず》くと、すぐにメニューが差し出された。

受け取ろうとして気がつく。

今の声は最初に聞いた、あの渋い声だ。

そして今メニューを差し出してきたのは、内側が白くて外側が黒い、羽だった。

そう、つまり、ペンギンだった。

思わず顔を上げて確認する。そこには蝶ネクタイを誇らしげにつけたヒゲペンギンが、背筋をピンと伸ばして立っていた。

透き通るような焦げ茶色の瞳が憲人を優しく見つめている。

優しい？　ペンギンの視線が？

自分でもおかしいと思うが、あの丸みのある瞳を見ていると、なぜだかそう感じてしまう。

とりあえず何か飲んで落ち着こう。そう思ってメニューを開いてみるも、正直何が書いてあるのかさっぱり理解できない。

バーならカクテルかな、と思うが、ウイスキーベース、ブランデーベース、ジンベース、ウォッカベース、ラムベース……なんとなくお酒の種類だというのはわかる。だけど、味が全く想像できない。

「あの……実は俺、二十歳になったばかりなんです」

メニューから顔を上げ、憲人はおもむろにそう口にした。

ペンギンに言っているのか、ペンギンマスクに言っているのか自分でもわからない。だけどここはなんだかおかしなバーだし、『話す練習』とか書いてあったし、何よりなぜだか話を聞いてくれそうな気がするのだ。まるで隠れ家のような薄暗さに程よく狭い空間だから、そう思うのかもしれない。

「それは、おめでとうございます」

ヒゲペンギンが首をスッと上げたかと思うと突き出したお腹の前で、軽く両羽を叩《たた》き合わせた。どうやら、拍手をしてくれているようだ。

というか、先ほどから聞こえている渋い声は、やはりペンギンの声で間違いないのだろうか。あれ、人語を話すペンギンなんていたっけ。いないよな。おかしいよな。

もしかして自分はとっくに帰宅していて、今は夢を見ているのではないだろうか。

「おめでとうございます」

隣のペンギンマスクもくぐもった声で言ってから、小さく拍手してくれた。

「あ、ありがとうございます……」

まったく知らない人におめでとうと言ってもらえただけなのに、なんだか心が少し温かくなる。たとえそれが、夢の中だとしても。

「あの、それで……お酒を全然知らないので、何か飲みやすいカクテルを頼めればと思って……」

続けた言葉に、ペンギンは何度か瞬きをした。目が閉じられた正面顔は、やっぱり愛《あい》嬌《きょう》がある。

「承知いたしました」

首を伸ばしてから軽くお辞儀をしたペンギンが、急に目の前から消えた。

カウンター内の台から降りたのだとわかったのは、しばらくあとでペンギンが目の前に飛び上がってきたからだ。まるで海面から飛び出てくる野生のペンギンのようで、ちょっと感動する。

今度は両羽を横に広げて、カウンターの奥へ向かってよちよちと歩き始めた。左右に重心が動く度、長い尾も揺れる。

酒瓶の並ぶ棚から二本の瓶を手に取ると、それを抱えてこちらへ歩いてきた。相変わらず左右に大きく揺れながらペタペタと近づいてくるが、瓶を落とさないかとつい不安になってしまう。

そんな憲人の心配をよそに、ペンギンは瓶をカウンターに置いた。赤い酒の入った瓶と、茶色っぽい酒が入っていると思われる緑色の瓶だ。その横へ銀色の器と、脚の長いグラスを並べたら、準備完了のようだ。

うん、やはり夢を見ているに違いない。ペンギンがこんな風に瓶を運べるはずがない。

それにしても、と憲人は考える。もしかして銀色の器は、シェイクをするためのものではないだろうか。ドラマなどで見たことがある程度だが、シェイクはこれぞカクテルと思える。なんだか少し、ワクワクしてくる憲人がいた。

銀色の器の蓋《ふた》を取ると、その中へまず赤い酒を入れ、続けて茶色の酒。最後にスプーン一杯分の何かを入れた。本当にペンギンが行っているのかと疑いたくなるくらい、流れるような手つきだ。

蓋をする前に、なぜかグラスに何かを注ぎ始める。金色の液体は、グラスに注がれて微細な泡が立ち上った。お酒をほとんど知らない憲人にも、おそらくこれがシャンパンであろうことは予想できる。

上からの光に照らされて輝く金色のお酒を見つめていると、ペンギンが銀色の器を振り始めた。両羽でしっかりと器を支え、上下左右へリズミカルに振っていく。

シャカシャカという音が、静かな店内に響いた。

食い入るようにして眺めていること数秒。ペンギンが器をカウンターに置き、素早く蓋を外した。そして、シャンパンが注がれていたグラスに中身を入れていく。

金色の液体に赤い液体が混じり、一気に色が変わっていく。最後まで注ぎきると、グラスの中はどういうわけか不透明なピンクになっていた。上を覆う白い泡とのコントラストが、とても綺麗《きれい》だ。

「お待たせいたしました。セレブレーションになります」

スッとペンギンが憲人の前にグラスを差し出してきた。

気がつけばカクテルは透明度が増し、赤みが強くなっている。ロゼワインのような色の液体の中で、ほのかに泡が立ち上がっていく。

「セレブレーション……」

「はい。安易ではございますが二十歳になられたということで、お祝いの気持ちを私から贈らせていただきます。もちろん贈り物ですので、私からの一杯です。本当に、おめでとうございます」

ヒゲペンギンが、ニコリと笑う。

目は細められているというよりもはや閉じられているし、口角なんてないはずだが、なぜか笑っているように見える。真正面から見ると思わずこちらが笑ってしまいそうになるくらい、愉快な顔だ。

だけど、憲人は笑えなかった。

色んな想いが一気に体を駆け巡って、思わず唇を嚙《か》んだ。

「ありがとう、ございます……」

思えば、二十歳を迎えてからこれほど純粋に祝われたのは初めてだった。

もちろん会社でもとうとう二十歳になった最年少社員に対し、先輩や上司、それから社長には祝いの言葉を貰《もら》っている。だけど、兄の事情を知っているため、皆がどこか遠慮がちだったのだ。

だから当然、言葉以上のお祝いを受け取るのも初めてだ。

誰もが「落ち着いたら、お祝いしよう」と言うだけに止《とど》めてくれた。それ以上を望んでいたわけではない。むしろ心遣いはとてもありがたかった。仮に祝いの席を設けられていたら、無理して笑わないといけなかったはずだ。

事情を知らないペンギン……というよりバーテンダーだからこそ、こうして純粋にお祝いしてくれている。それが、とても嬉《うれ》しかった。

「いただきます」

丁寧に言葉にしてから、憲人はグラスを手に取った。脚の細いグラスはどこか不安定で、口まで運ぶのに緊張で手が震えそうだ。

少し渋さのある香りが憲人の鼻をくすぐった。

身構えながら一口含んだ瞬間、マスカットのような香りと木イチゴのような香りが、口当たりのよい炭酸によって口の中で広がっていった。それから、華やかで濃厚な味がしっかりあったかと思うと、最後には甘酸っぱさによって口の中がさっぱりとする。

「美味《おい》しい……」

「恐れ入ります」

これがカクテルか、と憲人はグラスをしげしげと眺める。

飲み始める前から飲み終わるまで、たった一口の間に色んな香りや味がした。だけどしっかりとそれが混じり合っていて、不思議な調和を生み出しているように感じられる。がぶ飲みではなく、一口一口楽しみたいと思うような上品な味わいだ。

「こちら、チャームになります」

ペンギンから差し出されたのは、サーモンらしきものが並べられた皿だ。アボカドがのせられ、美味しそうに見える。だが、頼んでいないものに手を出す気にはなれなかった。

「チャームって、何ですか？」

恐る恐る尋ねてみると、ペンギンが優しく目を細めた。

「当店ではチャージ料と言いまして、お席代のようなものをいただいております。そのお礼として、こうして一品お出ししているのです」

ペンギンの手でサッと出されたのはチャージ料が記されたメニューだった。一瞬法外な値段を請求されたらどうしようかと思ったが、数百円程度のもので、むしろ目の前の料理はそれ以上しそうだ。

「じゃあ、いただきます」

夕食は済ませているが、こうして目の前に持ってこられると食欲が刺激された。

楊枝《ようじ》に刺さった一口サイズのサーモンとアボカドを口に入れてみる。

塩気のあるサーモンが、癖の少ないアボカドによって柔らかい味へと変化していく。マリネしてあったおかげなのか魚の臭みはなく、サーモンの脂が舌の上で蕩《とろ》けていった。

これが先ほどのカクテルに合うのだろうか。

少し疑いながら飲んでみると、意外なほどに合った。木イチゴの香りが邪魔になるのではと思っていたが、そんなことはない。サーモンの脂を微炭酸が流し、そのあとに訪れる香りが口の中をすっきりとさせてくれるではないか。

気がつけばここが変わったバーであることを忘れて、ただ目の前のカクテルとチャームを楽しむことに集中していた。

全てを平らげてから、憲人は小さく息を吐いた。こんな風に何かに没頭したのは、この十日間では初めてだった。心と体が少しほぐされたような気分だ。

ふと視線を上げると、ヒゲペンギンと目が合った。くりくりとした瞳《ひとみ》をしっかりと開いて、こちらを見ている。

「何か飲まれますか？」

ペンギンのクチバシが動くと同時に、渋い声が届く。どうにも慣れないが、やはりペンギンが喋《しゃべ》っているのは間違いないようだ。

「はい。えっと、初心者でも飲みやすくて、何か面白いカクテルってありますか？」

「面白い、ですか。では、ロングアイランドアイスティーはいかがでしょう」

聞いたことのないカクテルだが、憲人は結構紅茶を飲む方だ。コーヒーよりも紅茶派だと言っていい。

「紅茶のお酒ですか？　じゃあそれをお願いします」

「かしこまりました」

紅茶でお酒、というのは味の想像がつかない。だからこそ面白そうだと思った。

ペンギンが再び酒瓶の棚へ向かってよちよちと歩いて行く。ほとんど音は立てないが、ペタペタという足音が聞こえてきそうな歩き方だ。

そして酒瓶を二本持って戻ってきたと思うと、再び酒棚に向かって歩き出す。そうしてなんと三往復で計五本の酒瓶を運んできた。

色も形も大きさも様々な瓶が、カウンターに並べられる。上からの照明に照らされて、それぞれが違う輝きを放ちながら存在感を出していた。

それら五種類の酒を、氷の入った円柱型のグラスへ次々と入れていく。

どうやら酒はどれも透明なようで、グラスに入っても色味はなかった。最後に入れられた何かで、透明から少し白濁したように見える。マジマジと瓶を確認してみると、どうやらレモンの何からしい。

ペンギンはやたらと長いスプーンのようなもので、グラス内をかき混ぜる。氷が入っているのにほとんど音はせず、静かだった。

何周かさせてから、今度は黒い液体を注いでいく。あの瓶の形に、色に、泡立ちに、ほのかに香る甘くて香ばしい匂い。あれはもしかして、コーラではないだろうか。

アイスティーなのに、コーラ？

不思議に思う憲人に、ペンギンはストローと輪切りのレモンを差したグラスをスッと差し出してきた。

「お待たせいたしました。ロングアイランドアイスティーになります」

コーラを入れた割に、グラスの中は透き通った赤みのある橙色《だいだいいろ》で、見た目はアイスレモンティーだ。上に添えられたミントの葉の緑色が、彩りを美しく見せている。ほのかな甘い香りと柑橘《かんきつ》系の香りが混じり合って、紅茶のような匂いがした。

「ありがとうございます」

礼を言ってから、憲人は恐る恐るストローに口を近づけた。

一口吸いこんでみて、思わずストローを離す。

「紅茶だ……」

甘みと苦みと渋みが合わさったところに、レモンと他の柑橘系の香りが広がっていく。

まるで、レモンを足したアールグレイを飲んでいるような気分だ。ただ最後に少し口の中が熱くなることで、アルコールを感じられた。

「もしかしてお気づきかもしれませんが、そちらは紅茶を一切使っておりません」

ペンギンの言葉に、憲人は勢いよく顔を上げた。

そうだ、先ほどからずっとあった違和感は、まさにそれだ。

見たところ透明な酒とレモンジュース、そしてコーラしか混ぜていないように見えた。だが今飲んでいるカクテルからは、なぜか紅茶の味がする。

「プリンに醬油《しょうゆ》をかけるとウニの味になる、というような食べ合わせと同じようなもので、不思議とアイスティーの味に近くなるカクテルなのです」

「へえ……本当に不思議ですね……でも、飲みやすいし面白いし、本当に注文通りのカクテルです」

穏やかな声で説明されて、憲人は思わず笑みをこぼした。あの事故以来、自然に笑ったのは初めてかもしれない。

「ただ、アルコール度は高めなので、ゆっくりお召し上がりくださいね。空腹のお客様には、お出ししないようにしているほどなので」

「え、そうなんですか？　確かにお酒の味はするけど、そんなに強いっていう感じはしないのに……」

言われなければついぐびぐびと飲みたくなるような、口当たりの良さだ。

「そこが、ロングアイランドアイスティーの怖いところです」

ペンギンが両眼を閉じてしみじみと頷《うなず》いた。面白い表情なのに、冗談やたとえ話ではないのだとなぜか伝わってくる。

アルコールに慣れていない憲人は、余計に気を引き締めて飲んだ方がよさそうだ。

「あの、そういえば……」

ゆっくり飲めと言われたので、間をもたせるように憲人は口を開いた。ペンギンとペンギンマスクの視線がこちらへ向いたのがわかった。

「実は俺、外に書かれていた言葉にひかれてここに入ったんです」

「『あの人と話す前に、一杯飲みながら練習していきませんか』ですね」

これまで黙っていたペンギンマスクが静かに紡いだ言葉に、憲人は大きく頷いた。

「はい、それです。あれって、えっと……どなたが書かれたんですか？」

ペンギンって文字が書けるのだろうか。聞いたことないけど、ここのペンギンはカクテルだって作るから書けるかもしれない。

でも順当に考えれば、ペンギンマスクのバーテンダーが書いた可能性の方が高い。

「あちらはいつも、マスターが書いております」

「マスター？」

返ってきたペンギンマスクの答えに、憲人は首を傾げた。

ここにいるのはペンギンと、ペンギンマスクだけだ。ペンギンマスクが自らのことをマスターとは言わないだろうし、もしかして今出ていない誰かがいるのだろうか。

「はい、私が書かせていただいております」

憲人の予想に反して、一礼したのはヒゲペンギンだった。

あの達筆な文字を書いたのが、ペンギン？

人間が書いていたとしても綺麗《きれい》な字だと称されるような字が、ペンギンの字？

もはやこのペンギンにできないことは、ないのではないだろうか。

「バーというのは、秘密基地のようなものだと私は考えております」

当惑する憲人を落ち着かせるような、静かで優しい声のトーンでペンギンのマスターは話し始めた。

「薄暗さも、ほどよい狭さも、人を落ち着かせて安心させてくれます。秘密基地で美味しいお酒を飲むことで、外では話せないような悩みを吐き出せる。いらした時よりもお客様が少し気持ちを軽くしてお帰りになれる、そういうバーを目指しているのです」

なるほど、と憲人は納得した。

入った時から感じていた妙な心地よさは、計算されていたものだったのだ。マスターはペンギンで、もう一人のバーテンダーもおかしなかっこうだけど、お酒も美味しい。

改めて店内を見回してみたところで、もう一人客がカウンター席に座っていることに気がついた。憲人よりも結構年上であろう金髪の女性客だ。目は茶色で、顔立ちも白人というわけではないが、金髪がよく似合っている。

これまでまるで気配を感じなかったが、いつの間に来ていたのだろう。呆《ほう》けたように見ていたら目が合ったので、思わず会釈をする。すると、あちらも微笑んで返してくれた。

たったそれだけで言葉なんて交わしていないのに、親しみを持てた。ここが秘密基地だから、なのかもしれない。

「……じゃあ、俺の話も聞いてもらっていいですか？」

だから思い切って、切り出してみる。

すると、マスターとペンギンマスク、それから金髪の女性客までもが憲人へ柔らかい視線を向けた。

「あ、あの、すみません、俺話しても大丈夫ですか？」

マスターとペンギンマスクだけならともかく、女性客にとって邪魔にならないだろうか。不安になって尋ねたが、女性は静かに頷いてくれた。

「どうぞ。袖《そで》振り合うも多生の縁って言うでしょう？　バーで巡り合ったのも何かの縁なのだから、遠慮することはないわ。けれど、もしかして名前知らないと話しにくいかしら？　私はツネよ」

「あ、俺は浅倉憲人って言います」

名乗るだけの簡単な自己紹介だ。なのにそれだけで、何かを打ち明けたあとのように憲人の心の壁がなくなったみたいだ。

「実は俺、両親を小さい頃に亡くしているんです」

一度息を吸ってから吐き出すのと同時に、憲人は語り始めた。

「それからは六つ上の兄と一緒に、祖父母に育てられました。祖父母と、兄が親代わりだったんです。その祖父母も三年前に相次いで他界しました。だから今は、兄だけが俺にとっての肉親です」

口にしてみて、ずいぶんと重い話だと思わず自嘲《じちょう》したくなる。他人にとっては楽しい話でもないので職場の面接の際に話して以来、聞かれない限り口にしたことはなかった。だから兄についても誰かに相談したことなど、まるでないのだ。

「その兄が、最近事故に遭ったんです。命に別状はなかったのに、意識が戻らなくて……もう十日間も眠ったままなんです……」

最後は声が掠《かす》れていた。手足が重くなって、息苦しさすら感じ始めた。

「それは、お辛《つら》いですね」

穏やかなマスターの声が、憲人に降り注ぐ。たった一言なのに、途端に体が楽になったような気さえした。

「そうですね、辛いです……でも俺、辛いとか言える立場じゃないんです。兄が事故に遭った夜、兄と食事していたんですよ。そこで小言を色々と言われたから、なんだかイラついて、俺は酷《ひど》いことを言ったんです。一方的で、自分のことしか考えてない……」

カウンターに置いていた両拳《こぶし》を強く握りしめる。

憲人は兄といる時、いつも自分のことしか考えていなかった。何を考えているかわからない、そう思って兄の気持ちを考えることを放棄していたのだ。

「罪滅ぼしのつもりで、毎日病院に見舞いに行っています。だけど、全く反応をしないんです。ただ眠っているみたいに見えるのに、全然起きなくて……」

喉《のど》が渇いて、一口ストローでカクテルを吸った。

「いつ目覚めるかわからないのって、辛いわね……見ているしかできないっていうのは、本当に苦しいと思うわ」

女性客が手にしていたカクテルグラスを置いて、柔らかくもどこか物悲しい視線を憲人へ向けた。言わなくても、彼女が何かしら似たような経験があるのではと思わせるような目だ。

だからだろうか。

まるで自分の気持ちを代弁してもらったみたいで、また少し体が楽になる。

「このまま、目を覚まさなかったら……どうしよう……俺まだ、兄ちゃんに何も言えていないのに……」

ガシャンッと音がして、憲人は思わず肩を跳ねさせた。

どうやらペンギンマスクが拭《ふ》いていたグラスを床に落としたらしい。

「し、失礼、いたしました……」

ペンギンマスクは慌ててしゃがみこみ、掃除を始める。

「見習い君、大丈夫？」

「ええ……すみません……」

女性客がのぞき込むようにして声をかけると、気弱そうな声が返ってきた。よほど高いグラスでも割ったのかと思えるくらい、動揺しているように聞こえる。

なんだか憲人も心配になり何か声をかけようかと思ったところで、ふと気がついた。

女性客が、キツネになっている。

ふんわりとした耳に、シュッと伸びた鼻先。袖《そで》から伸びた手は柔らかそうな被毛に覆われていて、チラリと肉球が見える。カウンター席からは太くてもこもこの尻尾《しっぽ》が伸びているし、とにかくどう見てもキツネだ。

だけど、服装が先ほどいた女性客のものと全く同じだ。

混乱しながらも、視線を目の前のロングアイランドアイスティーへと移す。

マスターはこれが強い酒だと言っていた。平常運転だと思っていたが、もしかしたらかなり酔っぱらってしまっているのかもしれない。それこそ、人間をキツネだと見間違えるほどに。

「あ、あの……ありがとうございました。すみません、なんかすごく酔ったみたいなんで、歩けそうなうちに帰ります」

これ以上酔っぱらってしまったら、家に帰れなくなる可能性がある。そう考えて、憲人は慌てて立ち上がった。

勘定を済ませたあと、もう一度礼を言って重い扉を押し開ける。

途端、生温《なまぬる》い空気が体を包んだ。気温差に少しは冷静さを取り戻したかと思いながら、最後にもう一度店内を振り返った。

ヒゲペンギンのマスターとペンギンマスクのバーテンダーが、深々と頭を下げている。

そして奥のカウンター席では、キツネの客が軽く手を振っていた。

やはり相当酔っているらしい。

幸いにして体は軽い。このまま何も考えずに帰って、早めに寝よう。

そう決めて、憲人は足早に帰路についた。


翌日、午後になってから病院へとやってきた。

まずはナースステーションに立ち寄り、連絡事項や現在の兄の状態を確認する。毎度話してくれる看護師たちが、申し訳なさそうな顔をしてくるのには少し困る。意識が戻れば連絡をしてくれると聞いているので、憲人としては好転していないとわかっているのだが。

兄の病室はなんの飾り気もなく、相変わらず殺風景だ。それもそのはず、ここへ見舞いに来ているのは憲人と、兄の職場の先輩くらいだ。

何度か顔を合わせたことのある先輩は、整った顔立ちで目を引く存在だった。はつらつとした仕事のできそうな人、という印象で、憲人にもとても親身になってくれた。

どうやら兄のことを買ってくれているらしく、回復して職場復帰するのを待ち望んでくれているようだ。以前より過ごしやすい環境になったから、と言われたが、兄から職場の話を聞いたことがないのでピンとこない。

何か困ったことがあったらいつでも連絡してと、先輩の連絡先も渡された。兄も兄でよい職場にいるのだろうと、なぜだか少し嬉《うれ》しくなった。

兄の様子を見ると、昨日よりもまた顔が綺麗になっているような気がする。傷跡が消えてきているのだろう。

「……兄ちゃん、昨日俺、へんてこなバーに行ったよ。ペンギンのマスターがいるんだ。しかも、ヒゲペンギン。確か兄ちゃん、好きだったよな」

話しかけても、反応はない。

訊《き》かれてもいないのに自分のしたことを兄に話すなんて、どれくらいぶりだろう。小学生の頃はよく話していたような気がする。あの頃、兄はニコニコしながら憲人の話をずっと聞いていてくれて、話しやすかった。

いつからか兄を煩わしく思うようになり、距離を取るようになっていた。それを続けていると、次第に何をどう話していいのかわからなくなってしまったのだ。

兄ばかりが悪いと思っていたが、自分の態度にも原因はあった。

こんな状況になって、今さら気がつかされるなんて……。

ため息をついた憲人は、何気なくベッド横の引き出しを開けてみた。鍵《かぎ》は番号で合わせるダイヤル式で、入院当日に憲人が決めた。

病院でパジャマやタオルはレンタルしているので、兄の物といえばあの晩に所持していた物だけだ。洗濯された服と、スマートフォン、それから鍵と財布。

「スマホ……そういえば、兄ちゃんの友達とかにも連絡した方がいいのかな」

職場だけはすぐに連絡しなくてはと思いついたが、友人などには連絡していない。そもそも数人とは顔見知りでも、誰とも連絡先を交換していなかった。

確か、何人か仲の良い友人がいたはずだ。あの人達になら、兄のスマートフォンから連絡してよいかもしれない。

手にしたスマートフォンを起動させようとしたが、電源は入らなかった。十日以上も放《ほう》っておいたため、充電切れになっているようだ。

「売店で、充電コード売っているよな……」

思いついたら、やらない理由はない。

急いで地下まで下りて、売店で充電コードを購入した。エレベーターの中で開封し、病室に戻ってからすぐに充電を開始する。

少しだけ待ってから電源を入れると、当然ながらロックがかかっていた。もう何年も前に、ロックの解除番号は憲人の誕生日だと兄が言っていたことがある——それなら絶対に忘れないから、と。

緊張しながらも一縷《いちる》の望みをかけて、自分の誕生日を入力してみた。

「合ってた……」

無事に解除されて、憲人はほっと胸をなで下ろす。

出てきたホーム画面には、数件のお知らせが入っていた。着信と、ＳＮＳからのメッセージ受信を知らせるものだ。

着信履歴を見ると、憲人も知っている名前だった。どうやらＳＮＳのメッセージもほとんど同じ人からのようだ。

なるべく相手からのメッセージを読まないようにして、憲人は兄の状況を簡潔に知らせることにする。文面は売店までの往復で考えていた。

『弟の憲人です。先日兄が事故に遭い、現在入院中です』

それだけ書いて送信ボタンを押した。とりあえずこれだけ伝えれば、あとは相手の出方を待つだけだ。

すると、すぐにメッセージを受信した。少し驚いたが、そういえば今日は土曜日だ。

届いたメッセージは兄の状態を心配するものに加えて、憲人自身を心配する内容もあった。高校時代からの友人だけあって家庭環境も知られている。だからこその気遣いが、すごく嬉しかった。

兄のスマートフォンを持っていくわけにもいかないので、憲人は自分のＳＮＳのＩＤを教えておくことにする。

そうしてしばらく充電してから、憲人は病室をあとにした。スマートフォンはもちろん、鍵付きの引き出しに入れておいた。今後行く度に充電すればなんとかもつはずだ。

兄が目覚めた時にすぐに連絡を取りたいのは、誰だろうか。

ぼんやりと考えながら憲人はふらりと定食屋に入り、夕食を済ませた。やはり外でなら問題なく食べることができてホッとする。

兄の友人からは見舞いに行きたいと連絡が入っていた。明日《あした》なら憲人もいるので案内できると返したところ、すぐにまた了承の返信がきた。以前なら兄の友人と会うなど億劫《おっくう》だと思ったかもしれないが、今は兄のために来てくれることが素直に嬉しい。

帰路の途中で昨日のバーの看板が目に入った。いつも通る道なのに、改めて見てもやっぱり見覚えがない。一昨日《おととい》までなかったと言われても納得できるくらいだ。

昨晩のように体が重いわけではなかったが、足は自然とＢＡＲ　ＰＥＮＧＵＩＮに向いていた。

カランッと音を立てて扉を開けると、涼やかな風が頬を撫《な》でていく。

「いらっしゃいませ、浅倉様」

マスターの良い声が響いてくる。

会釈で返そうとして、憲人は固まった。

一番奥のカウンター席に座っているのは、キツネだ。もふもふの耳や手足、それからあの立派な尻尾を持つキツネだ。しかも昨晩と同じように服を着ている。

着用しているものからして、女性だ。というより憲人には昨晩のあの女性客、ツネだという確信があった。

「憲人君、ここ座ったら？」

マスターが席を案内しようとする前に、ツネが隣の席を肉球でポンポンと叩《たた》いた。

断る理由もないので、憲人はそこへ腰かけることにする。

もしかして、キツネだからツネと呼ばれているのだろうか。安易過ぎる。

座ると、マスターがおしぼりを出してくれた。よく見れば、昨日見習い君と呼ばれていたペンギンマスクの姿が見えない。不思議に思ったが、二回目の来店で訊く勇気はなかった。

「昨日より、顔色はいいみたいね」

座った憲人を覗《のぞ》き込んだツネが、しとやかに目を細めた。それだけで自分が肯定されている気がするのだから、不思議だ。

「そうですね、昨日と比べれば気分はいくらかましです……けど、兄の状態は変わりませんでした」

自然と言葉が紡がれていく。

社長夫妻にも上司や先輩にも吐き出したことのない弱音が、ここでは気がついたら口にできるのだ。きっとこれが秘密基地の効果なのだろう。

「浅倉様が落胆されるお気持ちはお察しいたします。ですが今は、悪化や急変していないことを、喜んでもよいのではないでしょうか」

低くも物柔らかいマスターの声に、思わずハッとする。

これまで意識が戻ることしか願っていなかったが、そういう考え方もあるのだ。現状維持が悪いとばかり考えていた憲人にとっては、目から鱗《うろこ》だった。

「そう、ですね……」

同意してみたものの、憲人の心は晴れない。ずっと胸の中にある、別の想いに気がついてしまったからだ。

口にするのにも躊躇《ためら》いがある、感情。

それでもやっぱり、誰かに聞いて欲しい。このバーという秘密基地でなら、もしかしたら聞いてもらえるのではと期待してしまう。

受け取ったおしぼりを握りしめて、憲人は下を向いた。

「でも……どこかホッとする俺もいるんです……」

出てきた声は、まるで泣き声みたいだった。

息を吸い込むとヒューと音がする。二人の反応が怖い。だけどここまで言ったら最後まで言ってしまえ、と自分に言い聞かせた。

「目が覚めて欲しいって思うのに、目を覚まして欲しくないとも思うんです。だって俺は兄不幸だから、目が覚めた兄と何を話していいかわからない。俺が喜んでも、兄が喜んでくれないかもしれない。もし目覚めたあとに会いに行って、冷たい対応をされたらって思うと、怖いんです」

自分のことながら、ひどく勝手だと思う。

兄には散々冷たい態度を取ってきたのに、もし同じような態度を返されたらと考えると怖くてたまらない。

「本当に、そうなのかしらねえ」

唇を嚙《か》みしめる憲人に、ツネがのんびりと言う。煽《あお》るわけではなく、本当に疑問に思っているような口調だ。

　きっと彼女なりに励まそうとしてくれているのだ。ありがたいのに、憲人と兄のことを知らないくせにと一瞬考えてしまう。憲人がこれまでどんな態度をとってきたか、ツネは見ていないから言えるのだ。

「家族の愛は、深いものですよ」

　否定的な言葉が頭の中でぐるぐる回っていた憲人に、マスターの優しい声が降り注ぐ。全てを包み込むような温かさを帯びる声に思わず顔を上げていた。

目が合うとマスターは穏やかに微笑んだ。目が細くなった、少しブサかわいいあの顔だ。ただ目を瞑《つむ》っているようにも見えるのに、なぜだか微笑んでいるのだと感じられた。

「色んな人がいるように、色んな家族がいます。中には本当に親不孝、兄不幸な人もいるでしょうし、逆に毒となるような親や兄弟もいるでしょう。ですがあなた方兄弟は、少しだけボタンを掛け違えただけの、愛情深い家族ではないですか？」

　本当に、そうだろうか。

　別れ際、兄は悲しそうに笑っていた。

　あんな顔をさせたのに、兄はまだ愛情なんて持っていてくれるのだろうか。

　困惑する憲人に対して、マスターとツネは肯定するように頷《うなず》いてくれた。

「さて、浅倉様に私から一杯出させていただきましょう」

「あ、すみません。俺、何も頼んでなかったですね、えっと……」

立ち上がって何か思いついたものを注文しようとすると、マスターが諫《いさ》めるように片羽を前に出した。

「よいのですよ。私から出させていただきたいものがございますので」

「でも、昨日も……」

食い下がろうとしたが、優しい目で制された。

マスターはよちよち歩きで尻尾《しっぽ》を左右に振りながら、酒棚に歩いて行く。取ってきたのは青い瓶だった。

カウンターに酒瓶を置いたあと、二本の瓶を続けて置いていく。ライムが描かれた瓶と、もう一つはジンジャーエールのようだ。

銅製の大振りなマグカップを取り出したマスターが、器用にライムを搾った。あの羽でどうやって搾れるのか理解できないけど、とにかく搾った。

そこへ大きな氷を入れて、青い瓶から透明な酒を注いでいく。ペンギンが瓶の蓋《ふた》をよどみなく開け閉めできるのだからすごい。

続いてライムの描かれた瓶の中身を注いだ。これはライムジュースだろうか。爽《さわ》やかで酸味のきいた香りが鼻を刺激した。

長いスプーンでマグカップの中身をくるりと回転させたあとに、ジンジャーエールで満たしていく。シュワシュワと泡が弾《はじ》けて、ふわりと生姜《しょうが》の匂いがしてきた。

仕上げとばかりに再び長いスプーンを手にしたマスターが、中の氷を少しだけ持ち上げて戻す。一瞬の動作だったが、きっとなにか意味があるのだろう。

それにしても、やはりあのペンギンの羽で器用にカクテルを作る様は、何度見ても感動を覚える。まるでおとぎ話の世界に入り込んだような気分にさえなった。

「お待たせいたしました。モスコミュールになります」

最後にライムの輪切りを入れて、マスターがマグカップを憲人へと差し出した。

モスコミュールという名前だけは耳にしたことがあるが、まだ飲んだことはない。しかしジンジャーエールを入れていたので、飲みやすいような気はする。

「ありがとうございます。いただきます」

軽く頭を下げてから、憲人はマグカップを口に運んだ。

キンキンに冷えた銅を唇に触れさせて、中身を一口吸い込む。ライムの酸味と甘み、そしてジンジャーエールの苦みと甘みが広がっていった。

確かに感じられるアルコールのあとやってきた爽快感《そうかいかん》は、ライムの香りが鼻に抜けたからだろうか。それとも、中身だけでなくグラスまでしっかりと冷やされている温度のせいだろうか。

とにもかくにも癖もなく、とても飲みやすいカクテルだ。

「美味《おい》しいです、本当に」

「恐れ入ります」

マスターがクイッと首を伸ばし、両羽を横腹にぴったりと付けてお辞儀をした。まるで床にクチバシが付きそうなほど、丁寧なお辞儀だ。

頭を元に戻してから、マスターは両羽で器用に蝶《ちょう》ネクタイを整えていく。今のお辞儀で少しずれてしまったのかもしれない。

「モスコミュールは、アメリカのハリウッドで生まれたカクテルです。ただし、ジンジャービアーを使って作られました。ジンジャーエールを使用するのは、ジンジャービアーが日本で手に入りにくかったためです」

確かにジンジャーエールは馴染《なじ》みのある飲み物だが、ジンジャービアーは初めて耳にした。

「ですが、現在日本ではジンジャーエールを使用したモスコミュールが定着しています。ここまでくれば、もうどちらを使用してもれっきとしたモスコミュールと言っていいでしょう」

そこまで言って、マスターは僅《わず》かにクチバシを上に動かした。丸い瞳《ひとみ》でジッと憲人を見てから、先を続ける。

「お兄様は、どう頑張っても浅倉様の親にはなれません。もちろん、浅倉様もお兄様の子供にはなれません。ですが特殊な状況により、お互いで複雑な関係性を作り上げていったのではないでしょうか。兄弟とも親子とも言えるような関係であったから、少し難しくなってしまったのかもしれませんね。しかし考えようによっては、それもまた一つの兄弟の関係でもあるはずです」

そうだ、兄は親ではないと常々思っていた。だからこそ親のように振る舞われると戸惑いや苛立《いらだ》ちを感じていた。

けれどそれは、兄も同じだったのではないだろうか。

両親を亡くし、遺《のこ》された弟。

責任感の強い兄は、きっと弟を育て上げることを重視してきたに違いない。

そういう兄の気持ちを、考えてこなかった。

目の前の銅製のマグカップが、なんだかぼやけて見えてくる。泣きそうになるのを堪《こら》えて、憲人はモスコミュールを口にした。

何口も飲んでいくうちに、だんだんと瞼《まぶた》が重くなってくる。

まだ一杯目だし、それほどアルコール度が高いようにも思えない。もしかして気が緩んで酔いが回ってしまったのだろうか。

「色々いいこと言っているけど、マスターはマスターで、昔ご家族に相当心配をかけたって聞いているわよ」

「……おや、ただの噂ではないでしょうか」

必死に睡魔に抗《あらが》っている憲人の耳に、何やら気になる会話が入ってくる。

段々と狭まっていく視界の隅で、マスターがごまかすように必死に両羽をばたつかせているのが見えた。

目を覚ますと、何か温かかった。

柔らかくて懐かしい匂いがする。

ゆっくり顔を上げて、驚いた。

どうやら憲人はキツネに抱きしめられているらしい。

キツネを抱きしめているのではない。キツネに抱きしめられているのだ。

しかも自分よりも大柄なキツネ二匹が、自分ともう一匹の小柄なキツネを強く抱擁している。

キツネは全員当然のように二足で立ち、服を着ている。

どうやら自分もキツネになっているのだと理解できたのは、服の袖《そで》から出ている手が皆と同じだったからだ。戸惑いがないと言えば嘘だが、温かさはとても心地よい。つい他のキツネの服をギュッと掴《つか》んでしまう。

多分、この四匹は家族なのだ。両親と、二匹の子供。子供たちは制服のようなものを着ており、両親はよそ行きの恰好《かっこう》をしている。

いつまでもこうしていたいと思っていたが、するりと皆の体が離れていく。

名残惜しくて皆を見た。

両親は優しく、だけどどこか悲し気な笑みを浮かべていた。

なんでそんな顔をするのだろう。

憲人の背後にあるのは学校の校門のようだった。桜が舞い散る中、何種類もの動物たちが校内へと入っていく。制服を着た子供は大抵親と一緒だ。雰囲気からすると入学式などの節目にも思える。

だが、入学式だとしたらこの家族に流れている別れの空気はなんだろう。まるで永遠の別れのようではないか。

困惑する憲人とは逆に、隣の兄か弟らしきキツネは覚悟を決めている様子で、しっかりと前を向いている。ただ、彼の手は細かく震えていた。

「これで、さよならよ」

そう言った母親の声は震えていた。瞳には今にも零《こぼ》れ落ちそうなほど涙が浮かんでいる。

「楽しい学校生活を送るんだよ」

父親も涙を堪えるように顔を歪《ゆが》ませて、憲人ともう一匹の子を撫《な》でる。母親よりも少し大きくて力強い、だけども優しい手だった。

「私たちはいつも、二人のことを想っているからね」

母親の言葉に父親も深く頷いた。言葉や表情から、彼らが子供を深く想っているのは伝わってくる。

なら、なぜ別れるのだろう。

見たところ憲人ももう一匹もまだ小柄で、あどけなさの残るキツネだ。それに学校への入学ならまだ独り立ちという時期とは考えられない。

「ねえ、なんでお別れなの？」

思わず尋ねると、両親が困ったように眉《まゆ》を下げて微笑んだ。まるで、もう何度も説明してきたでしょうと言わんばかりだ。

もしかして複雑な家庭の事情でもあるのだろうか。

「元気でな、二人とも」

「心はずっと、一緒だからね」

憲人の疑問に答えることなく、両親は子供二匹に背を向けて歩き出した。

「待ってよ!」

耐え切れなくなって叫んでも、彼らの足は止まらない。ただ、耳と尻尾がびくりと震えたのが見えた。立ち止まってしまえば決心が鈍るのだと、言われているみたいだ。

「なんで……なんで、さよならなんだよ……」

あの温かい抱擁の中にいつまでもいたかった。

誰かに守られているという安心感と、温かさと柔らかさによる心地よさは、初めて感じるものだった。

たかだか学校に入学しただけなのに、なぜそれがなくなるのだろう。

もう一度問いかけようとしたところで隣の子供に手を強く握られた。

「僕らはこれから、それぞれ独立して生きなくちゃならないんだ。たとえどんなに辛《つら》くても、寂しくても……もう、甘えて過ごすのは終わりなんだ」

自らにも言い聞かせるように、一言一言はっきり彼は言った。

そこで少しわかった気がした。

これはずっと前から決まっていたことなのだ。

きっと憲人にも説明してくれていたのに、なんとなくで聞き流していたのだろう。

だって両親の手も、隣の子ギツネの手も優しくて温かかった。

彼らの視線も言葉も優しかった。

これまでずっと、ちゃんと、大事にされていた。

甘やかすことがすべてではない。

突き放すのは、きっと子供のためだ。

そう思った瞬間、世界が暗転した。


気がつくと、バーのカウンターに伏していた。寝ながら泣いていたのか、頬や腕が僅かに濡《ぬ》れている。

ゆっくり頭を上げると、穏やかな表情のマスターと目が合った。

「あ、すみません……俺、眠ってしまったみたいで……」

「大丈夫ですよ。本日のお客様はもう、浅倉様だけですから」

まるでこのあとも誰も来ないことがわかっていると言わんばかりだ。でも彼の目を見ているとすべて見通しているように思えた。

「不思議な夢を見たんです」

突然夢の話などしたら迷惑だろうか。

だがマスターは憲人の言葉を待っていてくれるように見える。

「夢の中で俺は子ギツネで、学校に入学と同時に、なぜか親と今生の別れを迎えるみたいでした……」

改めて考えれば動物が学校へ行くなどありえないが、今目の前にいるのは喋《しゃべ》るしカクテルを作るペンギンだ。彼のような存在であれば、学校に行ってもおかしくない気がする。

「夢の中の俺は、初め納得できなかったんです。だって家族なのに、なんでいきなり別れなくちゃいけないんだろうって。だけど……最後にはなんか納得したんですよね。大事にされているからこそ、突き放されるんだって」

取り留めのない話に、マスターは深々と頷《うなず》いてくれた。

「キツネ、というのに意味があるのでしょう」

マスターの言いたいことが理解できず、憲人は思わず首を傾げる。

「キツネの両親はとても愛情深く、春に産まれた子を協力し合って育てます。それはそれは献身的に世話をするようです。しかし、秋になり巣立ちの日が来ると、両親は容赦なく子を突き放します。秋に独り立ちできなければ、冬を越せませんからね。両親がいなくても生き抜いて欲しいがゆえに、涙を呑《の》んで別れるのです」

生き抜いて欲しいがゆえ——その言葉は憲人の胸にすとんと落ちてきた。

もしかして兄が一人暮らしをしろと言ったのも、同じだったのではないだろうか。

兄が突然いなくなっても生きていけるように、仕事に慣れた頃を見計らって突き放したのではないだろうか。

「ツネ様も、そうやってお子様を見送ったと聞いております。辛い別れではあったけれど、お子様を片時も忘れたことはないと仰《おっしゃ》っていました」

思い返せば、兄はいつも憲人のことを考えてくれていた。

食事やら生活習慣についてうるさいのも、子供の頃に体の弱かった憲人を心配してくれているがゆえだろう。熱を出した時、いつも付きっ切りで看病してくれた兄なら、そういう心配をしたって当然だ。

少し考えればわかったことなのに、憲人はただ兄の愛情の上に胡坐《あぐら》をかいて、何も見ようとしなかった。

なんでもっと早く気づかなかったのだろう。

兄が意識不明になってからでは、何も伝えられない。

「モスコミュールのカクテル言葉をご存じですか？」

「え、いえ……すみません」

マスターから突然出された問いに、困惑しながらも首を横に振った。

『『喧嘩《けんか》をしたらその日のうちに仲直りする』だそうです」

何を言っているのだろうと思った。

マスターにはこれまで、兄との確執や兄の状態を話してきた。その上でこんな言葉を投げかけてくるとは、どんな意地悪なのだろう。

愕然《がくぜん》とする想いと、微《かす》かに湧いた怒りを隠さないままマスターへ目を向ける。しかし、マスターの瞳《ひとみ》はどこまでも穏やかだった。クチバシの端を上げて、微笑んでいるようにも見える。

「未《いま》だに眠っているお兄さんにとっては、意識が戻るまで事故当日のままです。ですからまだ、その日のうちに仲直り、できるのではないでしょうか」

今度は違う意味で憲人は言葉を失った。

いつの間にか涙が一筋、頬を撫でていく。

そうだ、兄はまだ死んでなどいない。

憲人が兄の為にできることは少ないが、何度も何度も呼びかけ、その時を待とう。

兄が意識を取り戻したら、まずは謝ることから始めよう。

そして、これまでずっと見守ってくれてありがとう、と伝えるのだ。

「……マスター、色々とありがとうございました」

憲人は立ち上がった。

「大丈夫ですよ、浅倉様。お兄様との仲直りは、きっとすぐにできます」

まるで未来を見てきたかのように、マスターが言う。

どんな根拠があってとも思うが、彼の顔を見ているとなぜだか信じられた。

「本日はご来店、ありがとうございました」

低くよい声が耳に響く中、憲人はそっと扉を閉じた。

五杯目　希望のダイキリ

シーリングファンの回る音だけが、店内に響いている。BAR《バー》　PENGUIN《ペンギン》は営業時間を過ぎているため、客は誰もいなかった。

いるのはヒゲペンギンのマスターと、そして見習いだけだ。いつもなら閉店後は掃除に勤《いそ》しむが、今日はマスターも見習いも動かなかった。

その代わり、マスターはカクテルを作っている。

カウンターに並べられたのは、ホワイトラム、ライムジュース、そして銀色のシェイカーだ。

いつもながらの慣れた手つきでラムとライムジュースをシェイカーへ入れる。目分量でもピッタリ計量できるのだから、さすがと言うべきだろう。

そこへバースプーンでほんの少しのシュガーシロップを垂らし、軽くステアする。

最後に氷をたっぷり入れてから、マスターは蓋《ふた》を閉めた。

大振りな動きでシェイカーを持ち上げると、シェイクが始まる。

氷が器に当たって、シャカシャカと独特な音が店内に響いていく。この二週間弱ですっかり聞きなれたリズミカルで規則的な音は、なぜだかとても心地よい。

五十回ほど振ってから、氷で冷やしていたカクテルグラスに中身を注いだ。

乳白色のカクテルはライトに照らされ、まるで輝く宝石のように圧倒的な存在感を放っている。

「さあ、貴方《あなた》への一杯ですよ。どうぞお座りください」

マスターの優しい誘いに、見習いは抵抗することなくカウンターへ腰をかけた。

「とはいえ、そのままでは飲めませんね。マスクをお外しになってください。もう、脱げますよね、浅倉彰人《あさくらあきと》様」

言われて、ようやくマスクのことを思い出した。

初めてこのバーで目を覚ました時から、ずっと被《かぶ》っていたものだ。しかしなぜか外そうと考えたことがなかった。そもそも自分が誰なのか、なぜここにいるのかすら考えなかったのだ。

だけど今ならわかる気がした——自分も悩めるものとしてこのバーへ導かれたのだ、と。

彰人はあの晩、疲れ切っていた。

会社では上司からのパワハラにあい、日々消耗していった。先輩である仙崎《せんざき》が気にかけてくれることは救いだったが、今度は陰での当たりがきつくなっていた。それを、仙崎にはどうしても言い出せなかった。

目につきやすいパワハラが減って、仙崎が喜んでくれたのを知っている。もし彼がより悪化した現状を知ったらがっかり、いや、失望させてしまうのではないか、と怖くなるのだ。

数少ない味方を失いたくなかった。

だからとにかく受け流そうと試みたが、どんどんと心は蝕《むしば》まれていく。毎日のように叱《しっ》責《せき》され、時にはミスを押しつけられ、抵抗する気力もなくなりそうだった。

そんな時だ、大学からの友人の宗田《そうだ》に呼び出されたのは。

『おい彰人。明日《あした》飲みに来いよ』

飲みに行こうではなく飲みに来い、という言い回しでピンときた。きっとまたアルバイトを辞めたのだ。それで金銭的に余裕がなくなったのだろう。会えば必ず数万貸してくれと言われるはずだ。

貸したくない、と言うわけではない。尊大な振る舞いをすることもある友人だが、少し不器用なだけで根っからの悪人とは違う。これまで何度も金を貸したが、数ヶ月以内にはきっちり返済してくれている。

だけど、彰人はふと考えてしまった。

彼はいつまでアルバイトで生きていくつもりなのだろう。自分よりも賢いはずの彼が就職しないのはもったいないと思う。能力は十分なのに、それを活《い》かさないのは彼にとっても社会にとっても損失ではないか。

だから少し就職活動をするように勧めてみることにした。

その結果、どうやら怒りを買ってしまったようだ。

いつもこうだ。

誰かに提案すると、正論過ぎるとか言葉が強いとかで聞き入れて貰《もら》えないことが多い。言い方を改めようと努力してはいるが、なかなかうまくいかない。

弟に好かれていないのも、弟と会話が弾まないのも、自分の言い方のせいだとわかっている。だから最近は気をつけているつもりだったが、つもりでしかなかったらしい。

それでも弟のことは常に気がかりだった。もうすぐ二十歳の誕生日を迎える弟の欲しいものを調査しようと、夕飯に誘うことにした。

当日、それとなく聞き出したくて会話を試みたが、やはりうまくいかなかった。それどころか、弟を怒らせてしまったのだ。

「……もう顔を見るのも不愉快だし、連絡してくんなよ」

そう口にした弟の顔は忘れられない。本気で嫌われてしまったことに、内心で打ちひしがれた。

彼はもう兄の庇護《ひご》などなくとも生きていけるのだ。だけど自分はいつまでも兄でいることと、親代わりでいることに執着して、それで自分の存在意義を見いだしていたのだと気づかされた。

人には正論を言うくせに、結局薄っぺらい人間だ。こんなんだから、上司にもいいように扱われる。

考えたら、心も体も重くなった。

たった一人、正論をぶつけても「出た、彰人の正論！」と笑ってくれる友人、佐和《さわ》のことを帰り道で思い浮かべる。誰にも悩み相談をしたことがない彰人は、佐和にも具体的に相談したことはない。それでも一緒に過ごした時、彼女の笑顔に何度も救われてきた。

ファミレスからの帰り道、勢いで佐和に連絡をしそうになって手を止めた。

責任感も強くテキパキと行動できる彼女は、最近会社で重要な役回りを任されている。真面目な彼女のことだからきっと必要以上に頑張っているに違いない。事実、最後に会った時はどこか疲れた顔をしていた。

そんな佐和にこれ以上負担をかけたくない。

彰人が相談すれば、きっと自分のことのように親身になって相談に乗ってくれる。わかっているからこそ、頼りたくなかった。

佐和に会っても弱音を吐かなくなるくらいまでもう少し自分の中で消化したら、飲みに誘おう。

そう考えて、彰人がスマートフォンをポケットにしまい、青信号を渡ろうとした時だった。

まばゆい光が突然差し迫ってきた。

それが車のヘッドライトだと気がついた時には、全身を衝撃が襲い、彰人は宙を舞っていた。

次第に薄くなる意識の中で、ふと考える。

自分はこのままいなくなってもよいのではないか、と。

そっとマスクを外すと、途端に視界が広がった。これまで見えていなかったものが見えてくるような気さえする。

ぼんやりしながら彰人が視線を上げたところで、マスターと目が合った。

ヒゲペンギンは、彰人が一番好きなペンギンだ。あの顎《あご》にある一本線がなんとも言えない魅力だと思う。一体なぜあの線があるのか不思議でならないが、それがあることによって全体的なデザインが締まって見える。

マスターの蝶《ちょう》ネクタイも本当によく似合う。佐和がこのバーに来た際、興奮していたのも頷《うなず》ける。

そんなマスターが、優しく目を細めた。

「もうお分かりかと思いますが、ダイキリになります。カクテル言葉は『希望』だそうです。今の貴方に一番必要なものではありませんか、浅倉彰人様」

導かれるようにして彰人はカクテルグラスに手を伸ばした。乳白色のカクテルを持ち上げると、ライムとラムの香りがふわりと漂ってくる。

予《あらかじ》め冷やされていたグラスに唇が触れ、空気をたっぷり含んだ口当たりのよいカクテルが流れ込んできた。

アルコール度の強さが感じられるが、それもライムの爽《さわ》やかな酸味とほのかに舌に残る甘みに和らげられていく。パンチのある強さとの絶妙なバランスが、次の一口を飲みたくなる魅惑の味へと仕上げているのだ。

じっくりと舌の上で味わっているうちに、彰人の視界がぼんやりとしてくる。

瞼《まぶた》が重さを感じ出して、そのまま眠りに誘われた。


気がつけば、子ギツネになっていた。

今日入学する高校の制服に身を包み、両親と弟と共に入学式へと向かう途中だ。キツネだが、当然のように全員が二足歩行で歩いていた。

状況を完全には理解していない弟がどこか浮足立った様子で歩く姿を見て、彰人の心境は複雑だった。

この世界のキツネは、高校入学と同時に親離れをすると決まっている。それはもう、遠い遠い昔から続いており、覆すことはできない。どんなに拒んでも、泣き叫んでも、変わることはないのだ。

校門の前で、両親が足を止める。

その時が来たのだとわかった。

無言で、父親と母親が彰人と弟を抱きしめた。柔らかくて温かい抱擁は、本当に心地がよかった。ずっとこの中にいたいと思うほどだ。

「これで、さよならよ」

そう言った母親の声は震えていた。瞳《ひとみ》には今にも零《こぼ》れ落ちそうなほど涙が浮かんでいる。

「楽しい学校生活を送るんだよ」

父親も涙を堪《こら》えるように顔を歪《ゆが》ませて、彰人と弟を撫《な》でる。母親よりも少し大きくて力強い、だけども優しい手だった。

「私たちはいつも、二人のことを想っているからね」

母親の言葉に父親も深く頷いた。言葉や表情から、彼らが子供を深く想っているのは伝わってくる。

「ねえ、なんでお別れなの？」

弟の問いに、両親が困ったように眉《まゆ》を下げて微笑んだ。

「元気でな、二人とも」

「心はずっと、一緒だからね」

疑問には答えることなく、両親は子供二匹に背を向けて歩き出した。

「待ってよ！」

弟が振り絞った悲痛な叫びに、耳と尻尾《しっぽ》をびくりと震わせたのが見えた。立ち止まってしまえば決心が鈍るのだと、言われているみたいだ。

「なんで……なんで、さよならなんだよ……」

泣きそうな弟の手を、彰人はしっかりと握りしめる。

「僕らはこれから、それぞれ独立して生きなくちゃならないんだ。たとえどんなに辛《つら》くても、寂しくても……もう、甘えて過ごすのは終わりなんだ」

四四で暮らす日々は、本当に幸せだった。だから別れが悲しくないと言えば、嘘になる。

本心で言えばまだまだ家族で過ごしていたかった。

だけど、これが大人になるということなのだ。

弟にはまだ理解しきれないのかもしれないが、それまでは自分が横にいて支えてあげればいい。

大丈夫だ、自分はちゃんと愛されていた。

生まれてから今まで、ずっと大切に育ててもらった。

今は悲しさに押しつぶされそうでも、未来は必ずやってくる。

学校に行けば新たな仲間にも出会えるはずだ。

大丈夫。

未来はきっと、希望に満ちている。


目を覚ますと、バーのカウンターに座っていた。

顔を上げたところでマスターと目が合った。

「お目覚めですか」

「……はい」

このバーに来た悩めるものが誘われる不思議な夢。

どれもが誰かの生涯の、大事な記憶の一部だ。

彰人が見たのはきっと、視点は違ってもツネの記憶の一部なのだろう。

「ダイキリがどのように生まれたかは、ご存じですか？」

「いえ……」

マスターの問いかけに、彰人は小さく首を振った。

「ダイキリは、一八九〇年代にキューバの鉱山で働いていた技師が、灼熱《しゃくねつ》の地での清涼感を求め、仲間たちと作り上げていったカクテルだと言われています。過酷な場所でも、仲間たちと飲み交わすからこそ、乗り越えることができたのでしょうね」

低くよく通る声で語られると、脳内にその光景が浮かんでさえくる。

汗だくになりながら、仲間と労《ねぎら》い合い、励まし合いながら飲む一杯は、最高に美味《おい》しかったのではないだろうか。

「貴方はもう、大丈夫ですよ」

マスターの優しい声が、彰人の体を震わせた。

「気づかれましたよね、貴方の周りの人々に。彼らの想いに」

「……はい」

「風間《かざま》様は、貴方を振り向かせるために努力をするそうですよ」

「え、あ……はい……」

「覚悟されることですね。ああなった乙女は、強いですよ」

「……はい」

楽し気なマスターの声に、彰人は思わず苦笑いを返す。

正直、佐和の気持ちはとても、すごく、いや……ものすごく嬉《うれ》しい。

彰人にとってももちろん、佐和は特別な存在だ。ただ自分では彼女に釣り合わないのでは、と思い、そういう対象として見ないようにしてきていた。

「仙崎様は、貴方のために果敢に立ち向かわれました」

マスターの言葉に彰人はゆっくりと顔を上げた。

「先輩は、すごいです。俺なら、逃げるしかできなかったかもしれない。本当に……ありがたいです」

「そうですね。たとえ誰かのためだとしても真正面から立ち向かう勇気は、なかなか持てるものではないですからね」

仙崎は何も相談しなかったのに、ずっと気にかけてくれた。それだけでなく、陰で行われていた彰人へのパワハラにちゃんと気づいていた。

本当に、よい先輩だ。

正直気づいていてくれただけで嬉しい。それなのに仙崎は、勇気を出してコンプライアンス担当者にまで掛け合ってくれた。結果あの上司は左遷され、彰人の戻る場所ができたのだ。

「宗田様は、貴方の言葉に背中を押され就職活動に励んでいます」

「よかった……宗田君ならきっと、そのうち自分に合った仕事を見つけられると思います」

「ええ、私もそう思いますよ。己と向き合ってきちんと省みたことは、必ず彼の力になります」

もしかしたらあれだけ言っても宗田に影響を与えなかったのでは、と思っていた。それに、結局あれはただ彰人の自己満足だったのでは、とも考えていたほどだ。

だから、宗田が就職活動をしていると知り、本当に嬉しい。

「そして憲人《けんと》様は、貴方と話したいと言っています」

「はい……」

段々、胸が一杯になってくる。

「俺も、憲人と話したいです。俺たちはきっと、ずっと……会話が足りなかったんです。だからちゃんと話そうと思います」

「今でしたら、以前よりお互いうまく会話できるはずですよ」

「俺も、そう思います」

憲人だけではない。

仙崎とも、宗田とも、佐和とも話したい。

ずっと、相手からどう思われているか知ってしまうのは怖いと思っていた。だけど、知ろうとしないのは、わかり合おうとしないのと同義なのかもしれない。

初めからちゃんと腹を割って話していれば、もっとよい関係を築けたのだろうか。

いや、きっと今からでも遅くない。

拙《つたな》くても、不恰好《ぶかっこう》でも、自分の想いを言葉にして伝えなければ、何も始まらない。黙っているのにわかってくれなんて、そんなのは傲慢《ごうまん》な考えだ。

ずっと自分は暗闇にいると思っていた。

だけど弟が、友人たちが、会社の先輩がいる。

こんな自分でも、目覚めを待っていてくれる人たちがいるのだと、今は心から信じられた。

　だからもう、大丈夫だ。

　一人で抱え込む必要なんて、どこにもない。

　辛い時は、誰かに助けを求めたっていいのだ。

「さあ、戻りましょう。貴方の世界へ。貴方を待ってくれている人たちの所へ」

　彰人はゆっくりと立ち上がってから、深く頷《うなず》いた。

「お世話になりました、マスター。本当に、ありがとうございました」

「いいえ。私も貴方のその顔が見られたという、報酬をいただいておりますから。それに、掃除などを手伝っていただけて、助かりました。ですので、こちらこそありがとうございました」

　マスターが優しく目を細めた。

　その顔はかわいいけどどこか少し間抜け面で、ヒゲペンギンは愛らしいと改めて思う。

「どうかお元気でお過ごしください、浅倉彰人様」

「はい。マスターも」

　色々な想いを胸に、彰人は深く頭を下げた。

　そうして、外への扉を開ける。

途端、眩《まぶ》しい光が飛び込んできた。
段々と明るさに目が慣れてくる。
しばらくすると、自分を覗《のぞ》き込む大切な人たちの姿が見えてきた。

まずは何から話そうか。
伝えたいことがありすぎて、まとめきれない。
だけど焦らなくても大丈夫だ。
ゆっくり、少しずつ、言葉を紡いでいこう。
これまでよりもっと、よい関係を築くために。

エピローグ　BAR PENGUIN

ここは、とある場所にある、とあるバー『PENGUIN《ペンギン》』。

悩めるものが行きつく、不思議なバーだ。

木製の、深みのある焦げ茶色の扉は、どこか温かさと懐かしさを誘う。

重い扉を押して薄暗い店内に足を踏み入れると、扉と同じような木製のカウンターが目に入る。

照明を反射してキラキラと輝く色とりどりの酒瓶は、まるで宝石のようだ。

そんな酒瓶を背に、カウンター内にいるのは、一羽のペンギン。

蝶《ちょう》ネクタイをつけ、背筋をピンと伸ばしているそのペンギンは、ヒゲペンギンと呼ばれる種だ。

カランッ。

魚の形をしたドアベルが、小さく可愛らしい音色を立てた。

今日も悩めるお客がやってきたのだ。

「いらっしゃいませ。どうぞこちらへ」

ペンギンとは思えないほど低くよく通る声が、店内に響いた。

お便りはこちらまで

〒一〇二―八一七七
富士見L文庫編集部　気付
横田アサヒ（様）宛
のみや（様）宛

参考図書
『カクテル事典』THE PLACE・監修（二〇一四年・学研パブリッシング）
『ゼロから始めるカクテル&バー入門』渡邉一也・監修（二〇一四年・KADOKAWA）

富士見L文庫

真夜中《まよなか》のペンギン・バー

横田《よこた》アサヒ

2020年8月15日　初版発行
2024年6月30日　9版発行

発行者　山下直久
発　行　株式会社KADOKAWA
〒102-8177　東京都千代田区富士見2-13-3
電話　0570-002-301（ナビダイヤル）

印刷所　株式会社KADOKAWA
製本所　株式会社KADOKAWA
装丁者　西村弘美

定価はカバーに表示してあります。　◆◇◇

●お問い合わせ
https://www.kadokawa.co.jp/（「お問い合わせ」へお進みください）
※内容によっては、お答えできない場合があります。
※サポートは日本国内のみとさせていただきます。
※Japanese text only

ISBN 978-4-04-073775-1 C0193